Qui t'a volée, Papillon ?

Je dédie ce roman à ma maman, à ma belle-maman et à toutes les mamans de l'univers.

Qu'elles vivent, puis reposent en paix !

Que leur amour nous préserve de la guerre !

© 2024 André Marras
Édition : BoD • Books on Demand
GmbH, In de Tarpen 42, 22848
Norderstedt (Allemagne)
Impression : Libri Plureos GmbH,
Friedensallee 273, 22763 Hamburg
(Allemagne)
ISBN : 978-2-3225-4099-0
Dépôt légal : Juin 2024

1 JOUR AVANT LE JOUR J

PRÉAMBULE

Un couple de vacanciers flâne près de Rougon, au cœur des gorges du Verdon.

Arrivés en fin de matinée dans cet authentique village médiéval en nid d'aigle, ils ont déposé leurs bagages dans la chambre qu'ils occuperont pour quelques jours en ce début de mois de juin. *Ils rangeraient leurs affaires plus tard.* Ils avaient faim et leur table réservée était prête à les accueillir dans la salle à manger.

Ils ont choisi de séjourner dans cette auberge située en face du belvédère, non seulement pour sa vue, mais également pour sa carte. *À table, donc !* Leur choix commun : le menu végétarien... Une fois à l'étage, ils s'étaient couchés. Sagement allongé, bien rassasié, Lui savourait encore de mémoire sa soupe au pistou ; quant à Elle, elle garderait une bonne place, la prochaine fois, pour l'excellente assiette de fromages de nos montagnes. Sur ces images, ils somnolaient chacun de leur côté avant leur départ pour le pays des rêves.

Dans ce cadre grandiose des Alpes-de-Haute-Provence et d'après Internet, plusieurs activités sont proposées. La semaine dernière, ils dormaient dans un bungalow au bord du lac de Sainte-Croix, dans les basses gorges. Ils avaient notamment navigué tantôt en bateau électrique, tantôt en pédalo. *Que choisir, pour ce deuxième séjour ?* Aux canyoning, escalade, équitation, marche, kayak ou autre VTT, ils ont préféré se cantonner à la randonnée pédestre, plus dans leurs cordes que la varappe. Ils partiront demain matin sur le sentier Blanc-Martel longer le lit du Verdon. *C'est une excursion incontournable*, leur a-t-on assuré. *Eh bien, nous ne la contournerons pas*, avait-elle répliqué le sourire aux lèvres, *mais seulement après une bonne nuit de sommeil !*

La sieste avait été réparatrice plutôt que crapuleuse *(reportée à cause des fatigues cumulées du voyage et des pédalages nautiques).* Les anciens tourtereaux se promènent tranquillement main dans la main aux alentours du village. S'emplissant les poumons d'air pur et les narines des parfums de la nature, ils admirent le magnifique panorama coloré par l'image mouvante d'un vautour fauve.

Se séparant provisoirement de son époux, Elle vise le volatile de son appareil photo au zoom impressionnant. Mitraillage terminé, ils contemplent en duo les images, pendant que le rapace s'éloigne, peut-être déçu de ne plus être le centre d'intérêt.

Bien que sympathique, Lui a régulièrement tendance à vouloir étaler son savoir pour épater son monde. Sa tendre épouse, actuellement, et son entourage les autres jours. *Encore un monsieur Je-sais-tout !* Elle l'aime tant qu'elle l'écoute aussi maternellement. Dans ces moments-là, il se prend pour un savant alors qu'elle le considère comme son enfant. *C'est pratiquement son seul gros défaut*, songe-t-elle magnanime. Il récite donc sa leçon, apprise récemment.

— Rougon est la porte d'entrée du couloir Samson ?... Et la légende à propos de Samson...

— Ça s'est passé avant ou après son passage chez sa coiffeuse Dalila ?

— Tu ne peux pas être sérieuse ?

— Désolée, mon amour, ne boude pas : je ne te coupe plus. Alors, cette légende...

— La voici : "Samson aurait pourfendu la montagne en deux, créant ainsi les gorges du Verdon, afin de sauver Dalila qui était au village de Rougon".

Gentille, et comédienne par intermittence, Elle semble épatée par tant de connaissances. Feignant la modestie, mais bombant tout de même légèrement le torse, Lui se montre satisfait de son effet. Elle le questionne alors :

— Mais qui détenait la maîtresse de Samson ? Et pourquoi ?

— Je n'en sais rien : ce n'est pas précisé sur la notice.

Après ce bref moment de culture, parti finalement en déconfiture, il tente de se rattraper. Désirant attirer de nouveau l'attention de son unique public, il s'apprête à enchaîner... Elle lui cloue habilement le bec en lui faisant remarquer "comme l'endroit est calme". Ils continuent alors leur marche en silence. Soufflant discrètement, elle pense : " - *merci, Seigneur !* ". Puis leurs mains se rejoignent, suivies par leurs yeux et enfin par leurs lèvres.

Quel endroit merveilleux ! Si paisible... et pourtant...

Les amoureux s'éloignent à présent... Mais s'ils s'étaient approchés du bord de cette montagne, l'auraient-ils aperçu ? L'auraient-ils aperçu quelques mètres plus bas, ce superbe papillon bleu-turquoise, brillant au soleil, posé sur un buisson vivant entre deux roches ?

Que fait donc ce morpho américain loin de son continent ? pourrait-on remarquer. Même si sa belle couleur se marie à ravir avec ce décor extraordinaire. Embelli dans son contrebas de son plus beau joyau : la rivière émeraude... Mais, à y regarder de plus près, on s'en rend compte. C'est un morpho, mais faux ! Il s'agit en fait d'un pic à cheveux papillon, garni d'une mèche rousse. Puis, en déplaçant son regard sur la gauche, et en le projetant jusqu'au pied de la falaise, la balade de nos touristes eût été gâchée par cette vision : celle du corps sans vie d'une femme aux cheveux défaits.

On pourrait croire, à première vue, à une chute accidentelle. Et pourtant...

5 ANS ET QUELQUES MOIS AVANT LE JOUR J

CHAPITRE 1

DES PRISTI AU SALON

Un chapiteau gigantesque s'est posé sur la place d'Armes de Toulon, en face de l'arsenal. À l'intérieur de cette immense tente, campent trois jours durant des autrices et des auteurs, des éditrices et des éditeurs, ainsi que des libraires de tous sexes. Cette année, deux cent cinquante-huit gens de lettres sont attendus à cette Fête du livre du Var. Fête qui réunit, une fois par an, des créatrices et créateurs de romans, de polars, de poésie, de livres d'art, de livres pour la jeunesse, de BD, d'essais...

De grands noms de l'Écriture se succèdent dans cet évènement littéraire majeur varois, qui attire bon nombre de lecteurs. Parmi ces vedettes, en ce samedi 19 novembre, la célèbre romancière Anna Pristi est programmée à 15h00 au stand du libraire "Ô plaisir de lire !" pour une séance de dédicace. Son dernier policier "Par ta porte close...", sorti en septembre, a déjà remporté un vif succès, tant du côté de la critique que de celui des lecteurs.

Assis. Seul. Désœuvré derrière ses ouvrages vierges de toute trace de doigt, Roland Pristi grimace à la vue de la file de personnes qui s'est constituée petit à petit... depuis presque deux heures... presque devant lui.

Même si tous ces passionnés de lecture ne sont attirés que par les meurtres, les enquêtes criminelles... Certains d'entre eux tourneront peut-être la tête vers mon recueil de poésie et viendront à ma rencontre. Enfin on peut toujours rêver ! Merci, l'ami libraire, de m'avoir placé près de l'autrice à succès ! pense ironiquement le poète.

Soudain, il sent une présence. Son regard se tourne alors vers son visiteur qui - *ô déplaisir du moment !* - n'est que son frère, malheureusement.

Vrais jumeaux de 48 ans, Roland et Edmond sont nés un 10 janvier à Paris, du temps où leurs parents résidaient dans la capitale pour leurs affaires. Ils avaient passé la plus grande partie de leur enfance à Toulon. Dans la somptueuse villa familiale située dans le quartier tranquille et huppé du Cap Brun. Leurs yeux sont bleus, et leurs cheveux inexistants : ils sont chauves et imberbes. Ces deux géants de presque deux mètres, 1m95 plus exactement, sont dotés d'une même force herculéenne. Roland est l'aîné en tant que "premier sorti". En effet, malgré la pensée intuitive que le bébé placé le plus au fond de l'utérus était le premier "installé", né donc en second puisque logé le plus loin de la "sortie", en France on applique le droit hérité des textes romains : le premier-né est l'aîné.

En revanche, bizarrement et contrairement à la plupart des jumeaux, ils ont des goûts complètement différents.

Roland s'habille en style décontracté, voire sans style et négligé. Il fume toutes sortes de cigarettes, de cigares et d'autres produits plus ou moins licites. Insomniaque, il taquine aussi chaque nuit la bouteille. Il ingurgite des boissons dont certaines sont encore plus dangereuses pour sa santé que ses fumettes interdites. Marié à la Poésie depuis sa dernière déception sentimentale, il s'est déclaré célibataire pour le meilleur et pour le pire jusqu'à ce que la mort le sépare de sa plume. Rentier, il peut se permettre de publier à compte d'auteur ses recueils de poèmes et d'en faire une bonne publicité. Mais, hélas, ses vers restent solitaires comme lui et n'intéressent personne jusqu'ici.

De ses pyjamas à ses tenues de soirée, Edmond ne porte que des vêtements chics. Il ne fume pas et ne boit jamais d'alcool. Soigné pour un trouble bipolaire depuis l'âge de 19 ans, il prend du lithium comme traitement à vie, évitant ainsi les humeurs changeantes que cause généralement cet état. La thérapie par le cheval, en complément de ses soins, a eu un double effet dans sa vie. Il est mieux dans sa peau d'une part, et d'autre part il s'est découvert une passion pour les chevaux. Passion non partagée par son frère. Rentier comme son jumeau, il s'intéresse aux affaires immobilières de la famille, source de leur fortune. Il participe donc aux conseils d'administration, en qualité d'actionnaire principal.

Malgré leurs vies divergentes, tels les deux rochers émergeant à la pointe du Cap Sicié, "les Deux Frères" demeurent très proches l'un de l'autre. Ils partagent même deux passions.

L'une d'entre elles, la moins avouable, est le jeu. Roland joue de fortes sommes dans les casinos, tandis qu'Edmond mise plus modérément de l'argent sur les courses de chevaux.

L'autre passion : c'est la voile. Ancrée en eux, elle reste leur seule activité commune. Celle qu'ils pratiquent ensemble. Qui les unit encore un peu plus. À l'âge de huit ans, les Pristi prenaient leurs premiers cours sur des Optimists. Des petits dériveurs en solitaire destinés aux enfants. Aux corsaires et pirates en herbe. Pour fêter leurs vingt ans, tout en égayant la vie d'Edmond dont l'affection incurable fut diagnostiquée un an plus tôt, Roland l'embarquait sur un voilier. Il avait loué un monocoque pour une semaine de croisière à deux en Martinique. Et depuis cette escapade maritime réussie, ils partent tous les ans sur la mer, pendant une dizaine de jours, au moment de leur anniversaire. Suivant les conditions météorologiques du mois de janvier sur la côte varoise, ils n'utilisent pas toujours le bateau de Roland, amarré sur le port de Toulon. Ils réservent plus souvent un catamaran dans l'une des destinations idéales pour naviguer en hiver : Portugal, Îles Vierges britanniques, Martinique, Ténérife ou Croatie.

Mais revenons sur la terre ferme, et sur le livre versifié intitulé "Peindre le monde en vers" - écrit et sponsorisé par Roland Pristi - recueil autopublié qu'Edmond tient dans une main. Il commence la lecture d'un poème à voix haute.

— À LA DISPOSITION DES RIMES

Afin d'atteindre l'Art au bleu de l'encrier,
Baladin de l'amour, il plonge en écriture.
Bougonnant, l'air pensif, Adam cherche et rature
Attiré vers l'effort des mots à marier.

Axé sur ce travail tel un bon ouvrier,
Balayant l'hiatus, d'un coup sec il capture
Beaucoup de sons qui font des pieds à sa pointure,
Au bord de quelques vers, pour les colorier.

Ce besoin d'idéal est une maladie.
Certains voudraient parfois qu'un sort la répudie :
Désirant leur bonheur plutôt que son savoir.

En fait, cela lui plaît de régler l'hémistiche,
De disposer enfin les rimes du devoir,
Et, pour s'en souvenir, d'aligner l'acrostiche.

Relevant la tête, l'acteur occasionnel observe la réaction du public forcé d'entendre ses paroles. Deux personnes ont semblé apprécier, ou font semblant pour ne pas froisser le colosse. Les autres : la plupart n'ont rien entendu ou rien écouté, hormis trois paires d'yeux glaciales paraissant lui reprocher "*vous auriez pu bouquiner mentalement au lieu de nous casser les pieds et les oreilles !*".

Imperturbable, Edmond insiste.

    — À la disposition des rimes ! Ah, oui ! En lisant dans le sens vertical la première lettre de chaque vers, on trouve l'acrostiche. La disposition des rimes du sonnet classique : ABBA, ABBA, CCD, EDE. C'est...

Reconnaissant envers son double, Roland vient à sa rescousse en lui coupant la parole.

    — C'est bon, laisse tomber : ça sonne faux. Ces braves gens ne t'écoutent pas et c'est mieux comme ça. Et puis, vu que nous n'avons aucun air de famille, tu n'es pas du tout crédible dans le rôle de l'inconnu qui découvre mes écrits. Mais, je te remercie tout de même : je suis très touché que tu aies voulu m'aider.

    — À propos d'aide, tu n'as besoin de rien ?

— Je n'avais pas faim à midi, mais maintenant je grignoterais bien quelque chose. Deux pains au chocolat ou deux croissants feront l'affaire.

— Je te rapporte ça tout de suite.

Edmond n'est sorti du chapiteau que depuis deux minutes quand une grande blonde aux yeux verts prend place majestueusement devant sa table. Par sa présence et son aura, Anna Pristi éclaire instantanément, comme par magie, tous les visages de sa file d'attente d'un grand sourire. Elle en adresse également un à son voisin, avant de saisir avec délicatesse son stylo à dédicaces, et Roland lui rend son amabilité en pensant :

Elle n'a encore prononcé aucun mot, et malgré ça tous les membres de ce rang d'oignon sont déjà suspendus à ses lèvres.

La romancière aime rencontrer son public. Certains de ses fans suscitent quelquefois des idées d'esquisses de personnages pour un prochain roman. Mais ces idées lui viennent généralement bien après l'entrevue, fréquemment le soir en y repensant. Pour le moment, elle apprécie les critiques majoritairement élogieuses qu'elle reçoit de ses lecteurs. Très humaine, elle est gênée de constater que son voisin ne vend aucun livre. Quand elle aura fini ses dédicaces, elle feuillettera tout d'abord une œuvre de cet auteur.

Elle lira deux ou trois vers bien ficelés, puis lui achètera un exemplaire dédicacé par solidarité. Si le poète ne l'intéresse pas, l'homme aurait pu l'attirer s'il savait se vêtir correctement.

Quel dommage d'enlaidir un physique aussi beau par un accoutrement aussi laid ! estime silencieusement Anna. *Mais concentre-toi sur cette gentille dame ! C'est très incorrect de s'évader d'une prison dorée dont la geôlière vous abreuve de tant de compliments.*

Forte de cette résolution, l'autrice-reine se focalise sur sa cour. Elle ne peut donc apercevoir Edmond retournant auprès de son frère, un premier sachet de viennoiseries dans une main, un second rempli de boissons fraîches dans l'autre. Roland sort, le temps de grignoter une chocolatine ou un pain au chocolat (*au choix du lecteur, pour ne vexer personne*). Il cède sa place à celui qu'il nomme affectueusement son frérot. Il tait l'autre raison de sa récréation. *Profitons-en pour se désaltérer avec deux ou trois bières au bar le plus proche et se fumer quelques cigarettes !* Son "frérot" insistant pour ne l'approvisionner qu'en liquides non alcoolisés.

Lorsque le regard d'Anna se tourne vers la table attenante à la sienne, il s'illumine à l'apparition de son voisin soudain métamorphosé. Il a visiblement changé de tenue. Stupéfaite, elle se pose des questions intérieurement.

Ai-je dit ce que je croyais n'avoir que pensé ou mon attitude m'aurait-elle trahie ? Quel changement ! Super classe, le beau gosse !

Edmond est subjugué par la beauté de la superbe quadragénaire. Il la contemple sans cesse et boit toujours ses paroles lorsque Roland, parfumé au tabac-bières, le rejoint. Le revenant marche lentement. Il s'est conditionné pour faire face aux remontrances habituelles de son cadet. Cependant, cette fois-ci, pas de "*tu es encore allé au bar*"... Le bien habillé a rendu son siège au mal fringué, après lui avoir dit " — *tu m'excuses. Je reviens dans deux minutes...*". Sur ces bonnes paroles, il s'est positionné au bout de la file qui se tient devant la table de la célèbre romancière, mais qui ne compte plus que trois personnes.

Ravi d'avoir pu se détendre à sa manière, pour une fois impunément, l'aîné s'étonne de cette situation.

Quelle mouche l'a piqué ? Je picole et il s'excuse. C'est le monde à l'envers !

Malgré les signes négatifs du vigile - plus personne ne devant se joindre à la queue - le bel homme reste de marbre et montre une pièce d'identité. Ayant le même nom que l'écrivaine, il n'a aucun mal à se faire passer pour un cousin venant simplement la saluer.

Pour finir cette séance de dédicace, Anna est à la fois radieuse et complètement déboussolée. Elle a tout de suite aperçu le visage du poète beau gosse. Il dépasse d'une tête les trois personnes se tenant devant lui. En se tournant vers son voisin, elle marque un temps d'arrêt - tel un chien de chasse - en découvrant le même "visage du poète beau gosse". Le même que celui qui se trouve un peu plus loin, devant elle. Elle comprend alors : il ne s'est pas changé. Ils sont deux et de la même famille. Reprenant ses esprits, elle se rend compte que son interlocutrice a été interloquée par son attitude. La romancière lui demande alors de bien vouloir lui pardonner son absence momentanée, due sans aucun doute à la fatigue. Tout en se délectant à l'avance de l'entrevue, qu'elle devine déjà romantique, elle se met à l'écoute de chacune de ces personnes. Ces personnes qui ont eu la patience et la gentillesse d'attendre sans se plaindre pendant plus de deux heures cette entrevue. Cela mérite, lui semble-t-il, toute sa considération.

Le tour d'Edmond arrive enfin.

Anna constate que ce Salon du Livre de Toulon se finit en apothéose, pour elle, et devance la réflexion qui ne tarderait pas à venir.

— Je sais : il ne s'agit pas du Salon... mais de la Fête du Livre du Var. Je continue malgré tout à les appeler ainsi depuis le temps où le Salon du Livre de Paris se déroulait porte de Versailles. Je sais. Lui aussi, on l'a rebaptisé. Depuis quelques années, c'est le "Festival..." Mais de mon côté, même dans ma maison, j'ai toujours eu un faible pour le salon.

— Quand vous viendrez chez moi, vous serez séduite par le mien.

— Je viendrai, mais je n'ai pas attendu votre invitation pour être séduite.

Six mois plus tard, Edmond somme tendrement sa fiancée de prendre une décision. Alors qu'elle a pour nom de famille "Garnier", elle s'est permis de choisir le pseudonyme de "Pristi" pour signer ses romans. Sans demander la permission aux détenteurs officiels dudit nom. *Non, mais !*

À la grande surprise de leurs proches, certains allant jusqu'à soupçonner les amoureux d'avoir perdu la raison, la situation est régularisée sur-le-champ, ou plutôt à la mairie de Toulon.

À compter de ce jour, celui de leur mariage, "Pristi" (le nom du pseudonyme d'Anna) devient également son nom d'épouse.

3 ANS ET QUELQUES MOIS AVANT LE JOUR J

CHAPITRE 2

PRÉPARATIFS CONTRARIÉS

Pourquoi ?... Quelle est la raison de cette angoisse ?

Alors que chaque instant devrait la combler de joie : tous ses projets sont couronnés de succès. Son histoire d'amour se déroule presque comme un conte de fées - *ils vécurent heureux et n'eurent pas d'enfants*. Ses romans se vendent comme des petits pains et son livre en cours se présente bien. La soirée à venir s'annonce inoubliable. *Elle éprouverait éventuellement un brin de trac, ce serait compréhensible. Mais juste un petit brin de trac positif précédent à coup sûr de grands moments de plaisirs partagés. Pensez-vous !* Sans savoir la provenance de cette sensation, Anna Pristi ressent comme un malaise. Comme un mauvais pressentiment.

— Du calme, ma belle ! déclame-t-elle dans un souffle enfumé, une énième cigarette coincée entre deux doigts. Puis elle enchaîne par cette pensée : voilà que je soliloque comme une vieille gâteuse, maintenant.

Suivant l'ordre qu'elle s'est elle-même imposé, elle se reprend. *Enfin, elle essaie*. En effet, rien ne justifie des transes pareilles. Un heureux évènement se prépare... Non pas pour une naissance, mais pour des anniversaires.

50 ans. 50 ans, ça se fête. Et ça se fête doublement pour des jumeaux.

En ce moment, la grande blonde aux yeux verts chasse avec minutie le moindre détail qui aurait pu lui échapper dans sa préparation. Elle n'en décèle aucun. Au lieu de s'en réjouir, l'autrice s'en inquiète et son trouble refait surface. Elle se compare alors à une personne malade dont les résultats d'analyses sont excellents. *C'est pas normal. Je sens bien que quelque chose ne tourne pas rond.* L'écrivaine concocte cette cérémonie pour son amour de mari et son énigmatique beau-frère, qui franchiront après ce dix janvier, en bons navigateurs qu'ils sont, le cap du demi-siècle. En l'honneur des jumeaux, elle a opté pour une soirée festive organisée dans une salle somptueuse du Casino de Bandol, avec vue imprenable sur la baie.

Pourquoi Bandol ? Pourquoi le casino ?

Bandol : c'est pour Edmond. Quel meilleur choix pour son bien-aimé ? Quel meilleur lieu que cette commune incomparable de Bandol ? Parmi les maisons de cette ville, il en existe une, datant du XIXe siècle, qui avait pour nom "villa Clémentine". Elle fut rebaptisée

"Ker Mocotte" par leurs nouveaux propriétaires, en 1933 ; "ker" signifiant maison en breton, et "mocotte" en référence au moco (personne originaire de Toulon). D'origine bretonne, la dame avait pour époux le Toulonnais Jules Muraire, plus connu sous le nom de Raimu. *Edmond est fier d'habiter la même ville que celle où son acteur préféré séjournait en vacances. Papet, son grand-père maternel, lui avait transmis sa passion pour l'immense acteur. Bandol est donc parfait pour mon chéri,* se rassure l'organisatrice.

Le casino : c'est pour Roland. Quel meilleur lieu que ces salles propres aux divertissements pour cet amateur de tapis verts ? La Grande Classe ! Comme au Festival de Cannes, le rouge est mis sur l'escalier où les joueurs-acteurs grandissent temporairement par petites enjambées successives. Ces stars d'un soir se gonflent d'espoir en s'élevant de marche en marche jusqu'à ses portes... puis elles ressortent le plus souvent d'un pas moins assuré, un portefeuille plus léger, quelques heures plus tard. La même couleur orne le sol de ses pièces, sous forme de moquettes. *Ici, c'est un peu la deuxième maison de Roland. Je ne pouvais trouver mieux pour mon beau-frère !* espère la romancière.

Elle l'espère, mais comment s'assurer à cent pour cent de contenter quelqu'un qui broie du noir en permanence ? *Il doit sûrement tout miser sur le noir à la roulette,* suppose-t-elle nerveusement, en ajoutant son mégot aux deux autres, gisant dans le cendrier.

La roulette : c'est l'addiction de ce poète. Anna ne sait plus comment communiquer avec le sosie naturel de son époux. Et depuis l'année dernière, au départ de sa belle-mère, la situation s'est dégradée. Ces derniers mois, lors de leurs rares dialogues, il se montrait peu loquace. En fait, leurs scènes de conversations se présentaient plutôt sous la forme d'un monologue - et ce pour chaque représentation. Le monologue d'une comédienne devant son spectateur exclusif, un pauvre public inexpressif, assistant au spectacle par obligation. En sa seule présence, il lui semblait qu'elle parlait faux. Ou peut-être dans une langue étrangère, tant l'image semblable en apparence à l'homme de son cœur ne reflétait aucune réaction. En revanche, comme il répondait aux questions posées par son frère, elle avait constaté qu'il ne souffrait pas de surdité. *Que faire, et quelle faute ai-je commise pour qu'il réagisse ainsi ?* Elle tentait pourtant de le contenter, de lui apporter son soutien malgré le silence continuel de cet auditoire inerte. Résultat nul à chaque tentative. Elle avait fait part de ses échecs répétés à Edmond, puis à Papillon. Pour son conjoint, il fallait laisser à son frère le temps de faire le deuil de leur mère. Pour son amie, c'était différent. Elle n'éprouvait pas la même compassion pour Roland et avait prévenu Anna :

— Ce que tu prends pour de la tristesse est, à mon avis, de la méchanceté. À ta place, je me méfierais !

Cet avertissement, souvent répété, a modifié le comportement de la romancière envers son beau-frère. Sans le vouloir, petit à petit, elle ne lui adresse que rarement la parole. La raison : il lui arrive d'en avoir peur.

Enfin, nous verrons bien ! soupire Anna. *Le casino : ça ne peut que lui plaire,* se répète-t-elle sans cesse pour mieux s'en persuader.

Au décor imposé par la prestigieuse maison de jeux, elle avait ajouté sa touche personnelle : trois panneaux effectués par une décoratrice, placés côte à côte.

À gauche, sur le premier panneau, sous le prénom Roland : des vers colorés extraits des plus célèbres poésies de poètes illustres entouraient un sonnet signé Roland Pristi. Le poème et toutes les citations avaient été sélectionnés par l'intéressé. C'était préférable pour éviter une quelconque vexation. Pour que cet anniversaire soit, conformément à la coutume, joyeux.

Sur le deuxième panneau, au centre, sous le titre et le dessin de la goélette de Roland, appelée "les deux frères" : des photographies relatives aux voyages marins des jumeaux. Une carte retraçant le parcours d'une croisière. Parmi les illustrations : un cliché pris à Tahiti, où les deux frérots décorés par des colliers de coquillages (donc sur le départ, les colliers de fleurs étant réservés à l'arrivée) étaient bien entourés par de belles vahinés - *dont l'une d'entre elles, une jeune sirène aux cheveux d'ébène, au sourire ravageur, se tenait bien accrochée à mon Edmond... Mais il y a prescription et nous ne nous connaissions pas à l'époque. Ça passe pour cette fois !*

Enfin, sur le dernier panneau, sous le prénom de son Edmond : divers documents sur les chevaux, dont des photos, des dessins, des autographes des plus grands jockeys... Depuis qu'il avait décidé de soigner son trouble bipolaire - en complément de la médecine traditionnelle - par l'équithérapie, son époux était devenu amoureux fou des chevaux. Anna n'en était pas jalouse : elle préférait que son conjoint aille retrouver une pouliche de temps en temps plutôt qu'une maîtresse.

J'espère qu'ils seront ravis de cette réception que nous leur avons préparée. Des mets raffinés pour le bonheur de leurs papilles, des nectars que sont nos vins bandolais, dont il faut se méfier : ils ont tendance à couler si facilement et si agréablement dans nos gorges. Des cadeaux... Pour Edmond : pas de problème ; pour Roland : c'est le contraire. Enfin, malgré sa dépression chronique, il parviendra peut-être enfin à se distraire dans ce bon moment convivial avec nous tous. Ou par le truchement d'une quelconque machine à sous dans ce casino qu'il connaît si bien.

Je n'avais pas le temps de m'occuper de tout. Heu-
reusement que Papillon m'a soutenue pour faire la
liste des invités...

À la vue du fauteuil placé en face d'elle, sa pensée s'évade soudain. La romancière se souvient alors de sa première entrevue avec Jeanne Blanchard. Celle qui allait devenir son amie était venue l'interviewer, deux ans et demi plus tôt, alors qu'elle revenait de son voyage de noces.

Une fois ses remerciements renouvelés pour l'avoir si gentiment reçue dans son intérieur, dans cette ma-gnifique propriété, puis les questions habituelles po-sées sur le dernier roman publié, la journaliste abor-dait un sujet récurrent : celui du patronyme "Pristi". Jeanne affirmait qu'en prenant son nom d'épouse, Anna n'avait plus à justifier ses publications de ro-mans policiers sous le pseudonyme "d'Anna Pristi" ; nom qui s'apparente à celle qui fut jadis la reine des romancières du genre, "Agatha CHRISTIE". Après avoir répondu qu'il ne s'agissait que d'un mariage d'amour - ce qui ne contenterait certainement pas les accrocs de potins - la romancière ajouta :

— Vous vous moquez sans doute !? Je vous soupçonne de savoir que je l'ai déjà affirmé à maintes reprises. Oui, j'ai choisi ce nom comme pseudonyme tout d'abord pour faire plaisir à mon père. Considé-rant le genre comme mineur et n'ayant pas cru en mon succès, il m'avait gentiment suggéré de ne pas me faire connaître sous notre nom de famille. Ensuite, séduite dès mon adolescence par l'écriture de la maman d'Hercule Poirot, j'ai décidé de signer mes œuvres ainsi. Ceci n'est un secret pour personne, et encore moins pour vous.

— Je vous taquine. Ne cherchons pas à faire de comparaison, et sachez que j'apprécie votre grand talent à sa juste valeur.

— Je l'ai constaté en lisant l'article élogieux que vous avez eu la gentillesse de rédiger à propos de mes œuvres.

— Je vous arrête tout de suite : je ne suis pas gentille. Certains papiers d'hier me valent encore aujourd'hui quelques rancunes tenaces ; mais je persiste à écrire ce que je pense, quoi qu'il m'en coûte, et, dans votre cas, je ne pense que du bien.

— Connaissant justement votre réputation, je n'en suis que plus flattée…

La séance terminée, l'autrice curieuse de nature n'avait pu s'empêcher de questionner la reportrice sur son pic à chignon papillon. La petite rousse se montrait si vive qu'on ne pouvait que remarquer l'imitation de volatile. E*n agitant souvent sa tête, peut-être projetait-elle inconsciemment de donner vie au faux insecte ailé, tel ce pantin de Pinocchio devenant petit garçon ?!* Cette dernière confiait alors qu'elle en plaçait un, chaque jour, dans ses cheveux. Et jamais le même d'un jour à l'autre. Cette habitude lui valait le surnom de "Papillon" auprès de ses amis. L'heure tournait et les deux bavardes ne parvenaient pas à se quitter. Vint le moment où Anna évoquait longuement l'un de ses voyages. Celui en Arizona au cours duquel elle fut subjuguée par le Grand Canyon. Jeanne vantait alors celui du Verdon, que la romancière ne connaissait que de nom. Papillon proposa une balade dans les gorges... et c'est ainsi que fut semée la graine de leur amitié.

Mais quittons cette scène du passé pour revenir à la réalité. Une réalité brutale, car bruyante. Et quel est donc ce bruit ? Plus qu'un bruit, ce vacarme, c'est celui de la porte d'entrée par laquelle Edmond surgit, hors de lui. Surprise par l'attitude anormale de son époux, d'ordinaire si doux et si respectueux, Anna redoute ce malheur qu'elle avait simplement ressenti, mais qui prendrait forme tout de suite par la bouche d'Edmond. *Ça y est ! Une catastrophe ! J'en étais sûre.*

Son frère s'est décommandé à l'instant. Alors qu'il restait cloîtré depuis des mois, il est sorti la semaine dernière avec des amis, dont un particulièrement généreux qui lui a refilé sa grippe pendant leur beuverie. *J'en suis persuadé*, pense-t-il, *il s'est saoulé une fois de plus. Le frérot garde donc la chambre. On peut dire adieu à la grande fête d'anniversaire !*

Ouf ! Ce n'est que ça ! pense l'épouse enfin décon-
tractée, qui invite son mari à se calmer. Le responsable de cette situation, c'est ce vilain virus véreux et
non Roland. Il avait bien le droit de se divertir. *C'est
de la faute à pas de chance, comme disent souvent
les flambeurs du tiercé et du casino !* Anna s'empresse
d'ajouter qu'elle plaisante pour ne pas blesser son
époux-turfiste. Tant pis, puisque tout est prêt ! Ce
soir, on fêtera Edmond. On arrosera l'anniversaire du
frère de la même manière, au même endroit, dès que
sa santé le permettra.

Apaisé, résigné, Edmond se désaltère à l'aide d'une
boisson bien fraîche, avant de se préparer pour devenir le seul roi d'un soir.

Également soulagée, Anna repense à son mauvais
pressentiment. *Un problème est effectivement survenu, mais rien de grave. Rien d'irréparable. Tout ira
bien.*

Pendant ce temps, dans la villa familiale du Cap Brun,
devenue la sienne, Roland fulmine. Tel un volcan en
éruption, il explose. De ses mains jaillissent tous les
papiers et les divers documents qui reposaient jusqu'ici sur son bureau. Il piétine alors ce parterre inso-
lite, sort de la pièce, ouvre le bar de son salon. Sa
bouteille de whisky pleure dans une grande chope à
l'instar de ses yeux au bleu rougi, remplissant de

larmes le milieu du visage. Après deux bonnes lam-pées, rien ne change. Il ne redevient malheureuse-ment que lui-même et s'assied en compagnie de ses seuls vrais amis : sa bouteille et son grand verre. Il tente vainement de s'évader, grâce à ses médica-ments alcoolisés, dont il est le seul médecin-prescrip-teur.

C'est le virus qui le met dans cet état ?

Se levant, le géant chauve, au ventre bien arrondi par les passages pas sages de nombreuses bières, durant de nombreuses années, se plante devant son miroir, lève son verre et dit à son reflet :

— Joyeux cinquantenaire, très cher !

— À ta santé ! lui répond le miroir.

Étonné, tel un boxeur sonné par une droite puissante, Roland chancelle. Il manque de chuter, puis se rat-trape d'une main ferme agrippant le fauteuil. Il se re-dresse dignement pour faire face à cette glace qui vient de lui transmettre un message chaleureux. Il essaie d'établir un contact :

— Je savais que tu pouvais réfléchir, ça oui, mais pas parler... Objet inanimé ! aurais-tu donc une âme ?

Le miroir étant resté de glace, Roland achève son ex-périence. Il ingurgite son breuvage alcoolisé, puis s'affale sur son canapé, près de son coin fumeurs, comme il l'appelle. Mais soudain, il n'a plus envie ni de boire ni de fumer. Il cogite.

Il doit être très déçu de ne pouvoir se rendre aux festivités prévues pour son frère et lui, pourrait-on estimer au vu de son comportement excessif.

En vérité, voilà quinze jours que le faux malade n'a pas mis le nez dehors. La grippe n'est qu'un prétexte pour aller au seul rendez-vous qui l'intéresse.

Ce matin, avant de lui téléphoner, il a envoyé par voie postale une lettre au frérot ; il a déposé un double de cette déclaration dans son secrétaire. Pour ce vrai jumeau, mais faux frère qui l'a brusquement abandonné.

Depuis leurs vingt ans, à chaque anniversaire, ils partent pour une croisière de quelques jours à deux, en frères.

L'année dernière, pas de sortie en mer : on accompagnait notre mère jusqu'à son ultime destination. *Là, c'était normal. Je n'avais rien dit. Puis, nos deux parents décédés, Edmond avait bien voulu me laisser la maison contre sa part, revue à la baisse, et je l'avais remercié.*

Nos 50 ans, ce sont aussi nos 30 ans d'escapades fraternelles sur la grande bleue. Je m'étais renseigné : d'après les prévisions de la météo marine de Toulon, le temps serait idéal pour une fois en ce mois de janvier. Et c'est le cas ! Mon projet est désormais tracé sur ma carte : un grand tour en Méditerranée.

Ma goélette est prête. Amarrée depuis des lustres sur le port de Toulon. Ne s'absentant le plus souvent que pour sa toilette annuelle, elle se faisait déjà une joie de nous embarquer, Edmond et moi, ce duo de choc sur sa belle coque, comme avant. *Je m'y vois déjà.* Première destination : la Corse de toute beauté (Calvi, Porto-Vecchio). Puis, on hisse les voiles pour que le vent nous emporte vers la Sardaigne (avec une escale à Cagliari). Ensuite, c'est sur la Sicile que nous jetons l'ancre à Palerme. La Valette est notre halte sur l'île de Malte, avant notre périple pour plusieurs villes de ce pays chargé d'Histoire : la Grèce...

Mais non ! "On" jugeait mon état dépressif incompatible avec la navigation. "On" s'était donc permis de choisir, non pas le report, mais l'annulation « dure » et simple de notre voyage rituel et de le remplacer par quelques heures de réjouissances - *Ben, voyons* ! "On" avait même proposé de passer quelques jours dans ce Verdon que "On" adore, mais cette idée n'avait pas été retenue. *"On", autrement dit la fausse gentille, mais vraie conspiratrice machiavélique, et sa fouineuse papillonnante ! Oh, pardon ! Je veux dire : ma chère belle-sœur et sa gentille amie journaliste.*

Très chère Anna ! Ô belle-sœur sans cœur, dont se délectent tant de lecteurs ! Sous ton physique avantageux et tes sourires mielleux - auxquels je réponds poliment bien qu'hypocritement par les mêmes mimiques - se cachait ta laideur morale ! Invective Roland, le doigt accusateur pointé vers le miroir, qui n'ose pas répliquer. Plus que satisfait de sa courte tirade, il se rassoit tout en coupant le son et poursuit alors son déraisonnement dans une colère aussi froide que muette. *Mais quand Maman a fermé les yeux, j'ai ouvert les miens. J'ai compris tes manœuvres sordides. Je me tais pour mon frère, à qui j'aurais aimé parler quand il serait désenchanté. Un jour ou l'autre, quand tu serais démasquée.*

Le temps venu, je ne donne pas cher de ta plume. Tu mourras... au moins dans le cœur d'Edmond. Plus rien ni personne ne nous séparera...

Mais tout cela, ce n'était que dans ses pensées, seulement dans ses espoirs jusqu'à ce jour... Ce jour où, baissant les bras, il a réalisé que ce temps n'arriverait pas.

Que puis-je faire, moi, le poète raté, contre cette maudite scribouillarde et surtout contre cette sorcière de romancière-policière fière de ses meurtres presque parfaits, adulée comme une reine par ses sujets et par son prince qu'on ne sort plus, son Edmond ? Qu'il continue à dire amen à toutes leurs prières... sans moi !

N'ayant plus ni père, ni mère, ni frère... L'alcool, la fumée et le jeu ne parvenant plus à me consoler de mon triste état de petit versificateur, je pars...

J'ai rendez-vous avec la mer. Un rendez-vous avec la mort. Mon dernier rendez-vous...

Qui sait ?...

1 AN ET 2 MOIS AVANT LE JOUR J

CHAPITRE 3

VICTOIRE SUR VERDON

Par un dimanche ensoleillé d'avril, une femme est at-tablée sur la terrasse de la crêperie "Le Mur d'Abeilles", à Rougon. *Une femme et deux couverts : elle attend quelqu'un.* Célibataire endurcie de qua-rante-cinq ans, cette petite rousse est Jeanne Blan-chard. La journaliste de presse renommée. Elle a in-vité Angélina, son amie détective, à prendre un bon repas pour la remercier de son aide. Elles dégusteront quelques spécialités de la maison, dans ce lieu qu'elles fréquentent à chacune de leur visite. Elles y reviennent parfois ensemble, ou seules, voire en compagnie d'autres personnes. Comment ne pas s'émerveiller à la vue de ce cadre grandiose ? Au spectacle sans fin de ces falaises si splendides qu'elles réussissent presque à dissimuler, sous leur éclat, ses dangers au visiteur imprudent ? Ce voyageur avide de sensations fortes, mais sportif dans sa vie quotidienne seulement en hurlant devant son petit écran. *Il ne faut jouer ni avec la montagne ni avec la mer : elles seront toujours plus fortes que nous,* répète sans cesse la voix de la sagesse.

— Pour Madame, ce sera ?

Jeanne répond à cette autre voix, celle de la jeune serveuse :

— Je prendrais bien un verre de cidre, pour le moment, s'il vous plaît !

Ce cidre brut : quel plaisir ! Pour les deux amies, il sert invariablement d'apéritif, puis de boisson pour arroser tous leurs bons gueuletons dans cet endroit voisin du ciel.

Réjouissons-nous de cette victoire sur ce pseudo-centre astrologique ! Non, ces espèces d'individus louches pareils à des sangsues ne viendront pas pomper la substance des braves gens de ce beau pays ! a pensé si fort Jeanne que ses lèvres ont prononcé ses phrases silencieusement et que son buste s'est redressé nerveusement. Après un rapide coup d'œil vers les autres clients, elle est vite soulagée. *Ouf ! Personne ne m'a vue radoter.*

Dans le décor sublime de ce petit village haut perché, paré des vestiges d'un château médiéval, elles vont savourer pleinement ce moment, la journaliste en est certaine. Elles humeront bientôt ce mélange de bon air montagnard et d'enivrante chaleur parfumée s'échappant des assiettes... Dès que la retardataire occupera sa place sur sa chaise...

Pendant ce temps-là, ladite retardataire ressasse une question à laquelle elle cherche en vain une réponse depuis des décennies. *Comment se fait-il que je sois toujours ponctuelle avec mes clients, mais jamais avec mes amis ?*

En effet, profitant de quelques jours de repos dans sa région favorite, elle n'a aucune obligation et donc aucune circonstance atténuante. La belle parviendra tout de même à – comme toujours - être à la bourre. Il ne s'agit pourtant que d'une location de vacances. Elle aurait pu reporter son ménage de quelques heures, à son retour. Non ! Hier soir, elle était rentrée tard d'une grande journée sportive au programme plus que chargé. Escalade en guise d'apéro, marche et vélo comme plat de résistance (dans des chemins souvent boueux), puis natation pour le dessert. *Un drôle de repas sans repos.* Exténuée, elle s'était couchée exceptionnellement tout de suite. *Quelle vision d'horreur !* Ce matin, dès que ses yeux virent son réveil, elle se leva d'un bond. Elle n'avait pas prévu cette grasse matinée. Trop fatiguée la veille, elle ne s'était pas rendu compte des traces dégueulasses que ses chaussures de marche s'étaient amusées à laisser sur le sol. *Les garces !* Ces sales godasses, elles les avaient décrassées en premier, en les astiquant fort comme pour les punir... Et voilà. Maintenant que la fée du logis avait terminé, sa petite horloge malicieuse semblait ricaner en lui montrant effrontément son heure. *Encore en retard. Il faut que je la prévienne !*

Après avoir reçu l'information et les excuses d'Angélina, Jeanne pose son téléphone portable sur la table, à côté du couteau. Rompue aux mauvaises habitudes de sa grande brune préférée, Papillon ne lui en tient jamais rigueur. Elle aurait même été surprise de la voir en face d'elle à l'heure prévue. Elle entend encore l'accent d'Angélina résonner à son oreille. Cet accent identique à celui de Marie-Pierre, son amie d'enfance, à laquelle elle songe à présent.

Si j'avais été plus réactive à cette époque, j'aurais peut-être pu te sauver, ma petite Marie...

Voyageant dans ses pensées, elle se remémore quelques bribes de souvenirs d'amitié. *Je nous revois dès notre première rencontre. Dès ton arrivée avec les tiens, dans la villa qui partageait un côté de clôture avec notre maison. Moins d'un mois plus tard, Papa avait bricolé un portail de fortune à l'aide d'une vieille galerie de voiture, placé au milieu du mur grillagé, frontière entre nos jardins. Un trait d'union original entre les deux propriétés pour que nous puissions nous rejoindre plus facilement. Une porte extraordinaire pour les petites filles que nous étions. Quand je vais voir Maman, je continue à franchir notre passage pour rendre visite à tes parents. Lorsque nous sommes devenues voisines, nous avions l'une et l'autre 6 ans. Nous avons donc suivi les mêmes classes jusqu'en 5e. Puis nous fûmes orientées vers des 4e différentes. On ne fréquentait plus les mêmes cours, mais notre amitié n'en avait pas souffert... Dix ans plus tard, alors que j'étudiais à Paris pour ma dernière année de master en journalisme à l'IPJ Dauphine, tu t'es laissée embrigader par cette secte immonde et son suicide collectif...*

Depuis ce malheur, Jeanne mène sa croisade contre ce fléau. Mais, soudain, une main secouant son poignet interrompt sa méditation. Cette main, c'est celle d'Angélina qui se baisse vers la rêveuse pour lui faire la bise.

— Désolée pour ce retard...

— ... toujours indépendant de ta volonté. Je sais.

Au regard bienveillant de Papillon, la détective sourit. Elle se sait pardonnée à perpétuité par sa bonne juge, et ce malgré les récidives.

Une fois l'excusée installée, puis les commandes prises, les langues se délient avant de se régaler. La grande brune questionne alors la petite rousse.

— Tu es donc devenue propriétaire d'un domaine à Trigance seulement pour empêcher cette espèce de secte de s'installer dans la région ?

— Non, pas seulement. Il y a longtemps que j'ai envie de m'acheter quelque chose dans le coin... Mais, je te le concède, j'ai fait d'une pierre deux coups. L'achat de ma maison de vacances et une vengeance de plus contre ces criminels...

Angélina précise que rien ne prouve que ces gens soient des meurtriers ni leur centre une secte. Elle a bien commencé son enquête à la demande de Papillon, mais dès que Jeanne a été choisie comme nouvelle propriétaire, ses investigations ont cessé.

Et ça valait mieux ainsi, enrage la détective, parce qu'elle avait eu affaire à un brun trapu particulièrement désagréable, à qui elle aurait bien mis sa jolie main dans la gueule.

Le parler et l'attitude d'Angélina jurent souvent avec son physique et sa tenue. D'une beauté à couper le souffle, la jeune femme est la seule fille au sein d'une famille de quatre enfants. Dans leur adolescence, alors qu'il la dépassait d'une tête, son frère aîné n'en menait pas large quand elle piquait une colère. Cependant, la belle ne monte pas seulement - *et il faut l'avouer à sa décharge de plus en plus rarement* - sur ses grands chevaux. Très sportive, elle est devenue monitrice d'escalade à ses heures. À ce propos, elle a bien essayé de faire grimper Papillon, mais l'essai n'a pas été transformé comme on dit au rugby. Jeanne a choisi de garder les pieds sur terre, avec un maximum d'images magnifiques à contempler et un minimum de risques à braver.

C'est pas mal, la rando, mais j'ai bien mieux à te pro-poser. Nous voilà bien repues, bien détendues à l'heure du digestif. C'est le bon moment. Je me lance pour une nouvelle tentative, manigance la détective.

— Tu serais partante pour une grimpette de cette falaise demain matin ?!... Tu remarqueras que je te propose cette petite ascension alors que j'ai effectué hier une journée digne des plus grands marathoniens. Tout ça pour te prouver que, malgré son allure imposante, nous la gravirons sans difficulté... Je te ferai prendre la voie la plus facile...

Par politesse, la journaliste regarde dans la direction indiquée par un doigt pointé. Sa réponse muette est une moue qui, en langage naturel des signes, se traduit tout simplement par "non". Angélina s'y attend et répond à ce nouveau refus d'un sourire. Ce visage radieux complète à merveille son apparence actuelle, dans sa robe mi-longue noire avec décolleté en V. Cette toilette alliée à sa plastique aurait rendu invisible n'importe quelle starlette de cinéma commettant l'imprudence de s'asseoir à ses côtés.

Soudain, pour changer de conversation ainsi que pour l'alimenter, Jeanne ouvre grand ses yeux marron clair et déclare, pleine d'espoir :

— Mais, il y a peut-être un bonus : pendant mes congés, qui sait si je ne dégoterais pas le fabuleux trésor des Templiers ?!

Trésor qui serait caché entre Jabron et le Bourguet, là où une inscription gravée sur la falaise correspondrait à l'entrée d'un vaste univers souterrain contenant ces fameuses richesses. La plupart des passages ont été murés par les habitants. Ils craignaient ce monde mystérieux, cet endroit maléfique. Peuplé, selon la légende, de nains horribles.

— Je suis à ton service, Papillon ! Je te donnerais un coup de main pour que tu puisses faire fortune, si tu veux ! Et ma main te serait plus qu'utile si, pour aller chercher ton magot, il nous fallait escalader.

— Merci, ma chérie ! Et puisque tu insistes pour que je gravisse des sommets : si c'est pour le trésor, je pourrais faire un effort. Et nous le trouverons, et nous roulerons alors sur l'or. À ta santé !

Gauchère, Angélina lève alors son verre de génépi de sa main gauche pour trinquer. Jeanne en fait de même, mais ne peut se retenir de lui confesser qu'elle l'a déjà remarquée, dès leur arrivée, cette nouvelle bague étincelante qui embellit l'annulaire de la détective.

C'est pas parce que j'ai vingt ans de plus que toi que je suis devenue miro, ma toute belle.

— Quel est donc ton secret ? Aurais-tu déniché en "solitaire" des richesses de "chevalières" templières ?

Angélina sourit aux jeux de mots de bijoutier de son amie journaliste.

— Non, rassure-toi : je n'ai pas commencé sans toi. Avant son départ, il a tenu à m'offrir cette bague de fiançailles.

— Félicitations ! Alors, c'est sérieux !

— Oui… Et c'est merveilleux.

— Pas la peine d'en dire davantage : ton visage resplendit de bonheur. Je suis très heureuse pour toi. Tu le mérites. Mais, dis-moi, tu me le présentes quand, ton beau Gabriel… à la Saint-Glinglin ?

— Bientôt, je te le promets. Il est parti pour une semaine dans sa famille. Du côté de sa maman, ils vivent tous dans la région grassoise.

— Ton prochain cadeau sera donc du "sent-bon", comme on disait quand j'étais gamine.

Elles rient. Angélina ajoute :

— Je n'en sais rien et je m'en fous. Pour moi, le plus beau cadeau : c'est lui.

Un ange passe (*Cupidon, sans doute*) et avec ce silence : un moment d'émotion.

Quelle agréable parenthèse sur cette terrasse baignée de lumière, sur "Le Mur d'Abeilles" ! Les deux amies sont éblouies par la vue de ce site magnifique, près des nuages, où chaque tableau naturel suscite l'admiration. Au pied du canyon imposant : la rivière, dont la robe couleur émeraude épouse avec bonheur les yeux pétillants d'Angélina, ainsi que sa bague de fiançailles. Au-dessus de sa tête : le ciel bleu azur, habité par un vautour fauve aux grandes ailes déployées en mode planeur.

1 AN, 1 MOIS ET 2 SEMAINES AVANT LE JOUR J

CHAPITRE 4

DÉPART D'UN PROCHE

Deux semaines après ce moment convivial, Jeanne gare sa voiture près de Bandol, dans la somptueuse propriété de sa meilleure amie, la célèbre romancière Anna Pristi, et de son époux, Edmond. La journaliste réside depuis deux jours chez sa maman, à Ollioules, à moins de 15 km d'ici. Elle regagnera son cher cocon familial au terme de son séjour dans cette superbe villa. Ses hôtes souhaitaient la convier à déjeuner, mais sa mère avait déjà programmé la veille ce repas de midi. *Une bonne bouillabaisse, comme tu l'aimes, ma pitchounette !* avait claironné la pauvre Yvonne d'un air faussement joyeux, ne sachant plus que faire pour contenter sa fille chérie. Parce que, quel que soit son âge, son enfant resterait sa pitchounette pour l'éternité.

Comme convenu, Jeanne n'arrive donc qu'à 14 heures, soit au moment précis où le maître des lieux finit sa sieste. D'habitude, à chaque ouverture du grand portail automatique invitant son véhicule à pénétrer dans ce monde à part, elle roule très lentement pour le plaisir des yeux.

Quelle splendeur, cette villa au bord de mer ! Ce jardin si soigné, cette piscine et ce terrain de tennis. Cette grande terrasse au rez-de-chaussée et cette autre, plus petite, au 1er étage. Toutes les deux baignées de soleil, avec pour seul vis-à-vis la Méditerranée. Puis ce petit escalier qui vous emmène sur la plage privée…

Mais, aujourd'hui, elle a l'esprit ailleurs et le cœur lourd.

Le colosse d'une cinquantaine d'années qui vient à sa rencontre aurait pu être le garde du corps de la maison, mais non : il s'agit d'Edmond. Anna téléphone à son éditeur. Elle les rejoindrait bientôt sur la grande terrasse. Edmond a fait préparer une chambre d'ami, puis…

    — Non, tu ne bouges pas. Tu t'assieds, tu m'attends et tu me laisses faire !

Après ses ordres donnés, sur un ton plus amical que péremptoire, il monte la valise de Jeanne dans son nouveau logement provisoire. Il s'est occupé de tout pour l'amie Papillon – il préfère l'appeler par son surnom. Son épouse se rallie à son avis : on invite Papillon pour un week-end ou plus – au choix de l'invitée – quelques journées de détente au cours desquelles ils ne seraient que tous les trois. Elle pourrait ainsi se ressourcer, se confier… Profiter de tous les avantages de la villa : la piscine, la plage privée, les terrasses…

Après lui avoir servi le café, l'hôte – ou maître d'hôtel pour l'occasion – pose son regard bleu, puis sa large main amicale sur son amie, avant de lui déclarer :

— Je suis désolé : je n'ai toujours pas retrouvé ton peigne.

J'ai tout de même réussi à lui décrocher un sourire, pense-t-il.

C'est une grosse blague entre eux. Jeanne a pris cette manie de réclamer régulièrement à ce chauve le peigne qu'elle lui aurait prêté. En réalité, il n'a besoin que de ses doigts pour se gratter le crâne.

Edmond assure à la journaliste qu'elle profitera, entre autres moments de détente, de la salle de cinéma. Comme ils l'avaient projeté, et pas encore réalisé, ils visionneront quelques films, dont quelques anciens avec Raimu. Tout cela avant d'entrer dans le vif du sujet.

— Je sais que tu préféreras en discuter avec Anna, mais tu peux m'en parler, à moi aussi, si ça peut te soulager.

— Je ne pourrais pas me plaindre à toi…

Angélina était mon amie. Pour mes articles, je devais me déplacer souvent pour de multiples renseigne-ments. J'enquêtais moi-même la plupart du temps, mais, à deux ou trois reprises, je lui ai demandé un petit coup de main en sa qualité de détective. Elle a répondu présente à chaque fois, en dehors de ses heures de travail et gratuitement. On se voyait chaque semaine. Oui, j'ai perdu quelqu'un de proche, mais toi, mon pauvre Edmond, tu as traversé bien pire.

Elle fait bien sûr allusion au suicide de Roland, le frère jumeau d'Edmond, survenu il y a trois ans. Le colosse rassure Papillon.

— C'est ainsi aujourd'hui ; il faut que je m'y fasse. Depuis ce drame, cet autre moi me manque et me manquera pour le reste de ma vie. Je le sais. C'est une plaie qui ne cicatrisera jamais. Mais je recommence à vivre grâce à ma psychothérapie, et aussi grâce aux chevaux qui m'aident si bien depuis tant d'années. Au fait, si tu en as envie, nous ajouterons quelques promenades à cheval dans ton programme de vacances. Enfin, comme tu t'en doutes, je traverse de temps en temps des moments difficiles à cause de ce malheur et de ma maladie. Heureusement, ma tendre épouse veille sur moi. Elle m'a pris par la main et nous nous sommes rendus aux USA pour rencontrer des jumeaux qui sont dans mon cas…

— Oui, je sais ! Mon journal avait publié un article sur cet organisme américain, Twinless Twins…

— Bref ! Tout ça pour te dire que je vais mieux et que tu peux te confier, si tu veux !

Devant l'insistance de son ami, et pour ne pas le vexer, Jeanne évoque un peu Angélina.

On ne comprend pas ce qui s'est passé. Elle aurait fait une chute mortelle en escaladant une falaise facile pour elle. *Mais enfin, personne n'est à l'abri d'un accident !*

Papillon avait rencontré ses parents, dont la mère qui lui avait raconté l'histoire du prénom de son ange. Jeanne la connaissait déjà, mais n'en avait rien dit. La pauvre femme avait besoin de s'épancher. De déverser, accompagné par de chaudes larmes, ce trop plein de douleur qui la submergeait. Son père voulait prénommer leur fille "Angèle", comme le personnage d'un roman de Jean GIONO. Sa mère avait jugé le prénom un peu vieillot, alors ils avaient coupé la poire en deux, comme on dit, et avaient choisi "Angélina".

Puis, un beau jeune homme, grand et svelte, descendait d'une voiture décapotable. Ses cheveux châtain en bataille, pas rasé, les vêtements involontairement dépareillés, ses yeux noisette rougis par les pleurs… Il avait dû partir précipitamment de Grasse, où il séjournait chez ses grands-parents, pour rouler jusqu'à Rougon.

— Et c'est ainsi que le père d'Angélina me présenta Gabriel, le fiancé de ma pauvre amie…

L'arrivée d'Anna interrompt sans le vouloir le récit de Papillon. Elle entre en scène avec élégance, dans sa robe longue et bohème, et se dirige vers Jeanne qu'elle embrasse avec chaleur.

— Je vous laisse entre filles, annonce Edmond en se levant.

QUELQUES JOURS AVANT LE JOUR J

CHAPITRE 5

ON S'APPRÊTE AU LOGIS

Parti de Gonfaron, village du Centre Var où il demeure, Louis Gauffri se rapproche de sa destination. Sa Jeep Renegade grise a quitté Toulon et s'engage sur le circuit sinueux des gorges d'Ollioules.

Surpris par un bolide le dépassant à toute vitesse, le conducteur reste coi. Il n'a pas eu le temps d'adresser un mot doux au chauffard, déjà disparu dans le virage suivant.

Rien d'étonnant à croiser des voyous sur cette route, l'une des préférées du bandit de grand chemin Gaspard de Besse. Il y dépouillait les étrangers fortunés au XVIIIe siècle. Une partie du butin était distribuée aux pauvres par ce Robin des Bois provençal. Je n'ai pas du tout l'intention de prendre la relève de ce malandrin. Mes bonnes œuvres : c'est pour ma bourse principalement, et accessoirement pour rémunérer mes complices.

Le sourire aux lèvres, l'homme de 35 ans ralentit son véhicule, met son clignotant, stoppe et patiente au passage d'un vélo roulant en sens inverse, puis tourne sur une allée. Trente mètres plus loin, il marque un arrêt momentané devant un portail, sur lequel figure une enseigne en grandes lettres blanches : "LE LOGIS". Puis, la Jeep avance entre les deux larges portes. Par la magie électronique de l'ouverture automatique, tel le lever d'un rideau de théâtre, la bastide apparaît, belle dans sa façade ocre et ses hauts volets bleus, encadrée par ses deux parkings.

Son 4x4 garé, Louis contourne à pied l'habitation principale pour aller là où douze mobil-homes, formant un carré, entourent un puits sur un terrain plat de plus de dix ares. Chacun d'eux correspond à un signe astrologique. "Le Grand Maître" entre dans la maison du Verseau, estampillée du nombre 11.

Ces genres de bureaux d'études astrologiques, de 6 mètres sur 4, disposent tous d'une même pièce à l'intérieur contenant une longue table rectangulaire et ses six chaises. Une bibliothèque couvre le mur droit où des livres attendent leurs lecteurs. De plus, ils sont dotés de climatisations réversibles. *On a tout prévu* ! Seules différences : la décoration et le contenu des ouvrages. Dans cette maison par exemple, celle du Verseau, sont représentés ses astres gouvernants (Uranus et Saturne), les mots d'astrologues le définissant (dynamisme, détermination intérieure...).

C'est l'endroit choisi par Louis pour la réunion du jour. Il fait bon en ce mois de mai, et comme nous ne serons que quatre... Et puis, il se souvient de sa mère (Verseau) née un 28 janvier.

C'était une bonne mère - *comme on dit à Marseille* - et fière de son Loulou pendant de longues années... L'objet de sa fierté : un enfant de toute beauté, avec des yeux d'un bleu si clair que la plupart des villageois le fixaient quelquefois, mais pas longtemps. *Il n'était pas facile à soutenir, ce regard angélique.* Quel poupon parfait, ce souriant petit bonhomme ! Avec sa bouille toute ronde et ses cheveux châtain bouclés. Quand il n'était qu'un bébé, en plongeant son nez contre ce corps minuscule, sa mère ressentait l'envie de le croquer. Fils unique d'un berger et d'une femme de ménage, dans ce petit village des Alpes-de-Haute-Provence, il grandissait sagement, choyé par ses parents. La famille gagnait suffisamment d'argent pour cette vie modeste qui leur convenait. Il ne discutait pas souvent avec son père - *le taiseux, qu'on l'appelait dans le coin. Il doit plus causer à ses biquettes qu'à sa poulette, qu'on ajoutait en riant*. Son meilleur souvenir de conversation paternelle : c'était la nuit où il avait bien voulu l'emmener là-haut, dans la montagne, avec les chèvres. Comme dans un conte de Daudet, le pâtre lui avait raconté les étoiles. U*n avant-goût d'apprentissage, au cas où le fiston aimerait suivre mes traces et reprendre le flambeau,* songeait l'homme silencieux. Non. Celle qui lui parlait et qui s'occupait de lui : c'était sa douce Maman. Quand il devint enfant de chœur, Louis sut quelle serait sa destinée. Chaque dimanche, il contemplait Monsieur le Curé officiant debout, pendant que tous les autres, père et mère y compris, s'asseyaient ou se levaient sur un simple geste du saint homme. Tous ces gens restaient, pendant de longues heures, suspendus à ses lèvres, puis déposaient leurs pièces de monnaie ou même leurs billets dans le grand panier que lui, l'assistant du prêtre, leur tendait. *C'est décidé : je serai curé !* avait-il décrété.

Mais, à l'âge de 16 ans, ce projet vola en éclats. *Le sexe, c'était un sujet que l'on n'abordait jamais chez nous. Et tant que je voulais rentrer dans les ordres, je n'écoutais ni les cours d'éducation sexuelle ni les copains. Mais elle, dès que je l'ai vue : tout a changé.*

Elle, c'était Giulia. Une jeune fille d'origine italienne. Quinze ans. Un corps de rêve. Des cheveux d'ébène dont les pointes lui chatouillaient le bas du dos. *Elle sentait si bon !* Des yeux verts étincelants. Des petits seins mal cachés sous son tee-shirt, surtout quand elle se redressait. *Mamma mia ! Adieu curé, église, et tutti quanti !* Le beau jeune homme chantait la sérénade à la place des cantiques. Ce n'était plus la soutane qu'il désirait prendre... Sans la moindre précaution, après sept mois de relations amoureuses, l'adolescente confia innocemment sa surprise à sa mère : elle n'avait pas eu ses règles, ce mois-ci. C'est ainsi qu'elle apprit la mauvaise nouvelle en même temps que ses parents. Elle était enceinte d'un mois et demi.

Elle : pas encore 16 ans, lui : pas encore 17. Malgré les supplications de son épouse, le père italien avait tant crié de sa voix de stentor que le scandale éclata dans le village. Les langues de vipère sifflèrent très fort et très vite... Louis et ses parents - habitant un peu à l'écart de la modeste commune - en furent parmi les derniers avertis. Avortement obligatoire imposé à la demoiselle. Le jeune homme savait qu'il serait puni, mais il ne se doutait pas que ce serait à ce point. Très croyants, trop déçus, ses parents le rejetèrent et le rayèrent de leurs vies. Alors, il se réfugia chez son oncle et sa tante, à Trigance. Le banni fut meurtri par une sentence aussi lourde, qu'il considère encore aujourd'hui comme une grande injustice. Quelques années plus tard, la mère avait tenté de reprendre contact. Tentative réduite à néant.

Chez le tonton, c'était l'enfer. *Ils étaient si gentils pourtant, avant !* On avait décidé de l'élever "à la dure". Le refuge devenait pire qu'une prison. À 18 ans, l'ancien futur curé avait claqué la porte, avec quelques billets subtilisés dans l'armoire de sa tante. Puisqu'il ne parvenait pas à mettre la main sur ce neveu - *sans doute possédé par le diable* - et pour éviter un esclandre supplémentaire dans la famille, l'oncle avait tranché. *Je ne porte pas plainte. Qu'il garde son butin, ce merdeux ! Mais qu'il ne remette plus jamais les pieds ici !*

C'est ainsi que commença la brillante carrière de malfaiteur de Louis Gauffri. Malin, il a toujours réussi ses escroqueries sans se faire prendre. Casier judiciaire vierge. Grâce à son regard envoûtant, son visage fin cerné par une longue chevelure, une moustache et une barbe soignées, on lui aurait donné le bon Dieu sans confession. Il s'était donc lancé dans le métier d'astrologue. Certains venaient vers lui, reconnaissant Jésus tel qu'ils se l'imaginaient. Il n'avait pas osé s'annoncer comme la réincarnation du Christ. Cette publicité se serait certainement retournée contre lui. Enfin, il était bien devenu prêtre… à sa manière. Ses fausses voyances lui avaient déjà rapporté pas mal d'argent, sans risque, mais loin du niveau de son ambition. Il avait donc fondé son grand projet : le centre astrologique "Le Logis". Sa première idée : s'installer à Trigance pour emmerder le tonton. Cela aurait dû se concrétiser l'année dernière, mais cette journaliste hystérique l'en avait empêché…

Deux autos et une moto tiennent maintenant compagnie au véhicule déjà stationné. Sortant de sa Fiat 500, une femme s'approche de deux hommes. Arrivés tous trois à l'instant même, à l'heure prévue, ils vont rejoindre Louis. Ayant entendu les moteurs des trois engins signaler leur présence, le Grand Maître observe ses acolytes depuis le pas de la porte.

La première à se manifester dans son champ de vision est Colette Lavoisier. Six ans auparavant, il l'avait contactée, soupçonnant une consœur dans sa manière de pratiquer les arts divinatoires. *Bingo !* Il avait visé juste. De plus, elle ressemblait à Giulia. Mis à part son âge et la couleur de ses yeux : c'était le sosie de son premier amour. Son côté sorcière lui avait beaucoup plu également. Elle fabriquait toutes sortes de potions, parmi lesquelles quelques poisons. En tant que femme libre, elle se refusait d'avoir un amant attitré. Elle appréciait les étreintes occasionnelles qu'elle s'offrait avec son patron. Pour Louis, c'était parfait. Juste ce qu'il lui fallait.

Les deux individus situés derrière la diseuse de bonne aventure sont Francis Amato (un Français d'origine sicilienne, brun trapu de taille moyenne, au casque de moto dans une main) et Boris Némiroff (un Russe musculeux, plus de 2 mètres de hauteur et de 120 kg à la pesée). Chargés principalement de la sécurité, mais pas seulement, ces gorilles du centre obéissent au doigt et à l'œil à leur chef.

Les quatre personnes répondant à l'appel, la réunion va pouvoir commencer.

Mettant un point d'honneur au respect de la procédure, le directeur du centre a déjà rédigé le compte rendu officiel de cette séance.

Il lit donc à haute voix la date et l'heure de début, l'ordre du jour, etc.

Sa lecture terminée, il range le document que chaque membre du Logis pourra consulter, où ne sont mentionnées que les actions avouables. Les autres actes à effectuer ne sont transmis que par voie orale, ex-clusivement réservés au quatuor présent, seuls socié-taires pensant connaître la musique.

Il énonce alors ses consignes secrètes, parmi les-quelles :

— Tu as bien compris, Francis, pour la distri-bution des invitations chez la mère de notre chère amie journaliste...

— Oui, Chef ! Chez les autres, on pourra lais-ser les papiers dans la boîte aux lettres, mais chez elle : il faudra les remettre en mains propres...

À la fin de la réunion, quatre verres sont levés à la santé du généreux adepte du centre, homme riche que Louis a réussi à embobiner et qu'il est le seul à connaître actuellement. Le bon pigeon rejoindra les autres membres dans deux mois, dès son retour des États-Unis. *Enfin, c'est ce que le chef veut faire croire à son auditoire.* Il continue à bonimenter :

— Pour l'heure, le plus important est que ce gentil mécène, qui nous a déjà prêté cette propriété, persiste à financer la base de notre projet...

Fin des discussions. Le Grand Maître salue d'un signe de la main les trois partants, qui s'éloignent de lui tandis que le portail se referme.

4 JOURS AVANT LE JOUR J

CHAPITRE 6

DÉFAITE AVANT LA FÊTE

En ce vendredi après-midi ensoleillé, confortablement installés sur la grande terrasse de leur villa, les Pristi vaquent silencieusement à leurs occupations. Edmond consulte la revue équestre « Cheval Magazine » tandis qu'Anna, tout en savourant chaque bouffée vanillée de sa cigarette électronique, relit ses notes récentes sur son carnet à spirales.

La romancière se sépare rarement de son pense-bête magique. Elle y écrit tout ce qu'elle craint d'oublier : un rendez-vous, un mot ou une idée, etc. Dans son futur roman, elle a prêté son prénom à sa jeune héroïne. *Ça me permettra peut-être de placer ce palindrome « Anna pédala, la dépanna… ».* Fière de sa trouvaille, elle en sourit… *Mais encore faudra-t-il pouvoir l'inclure habilement dans mon histoire.* Elle vérifie son bout de phrase. *C'est bon : ce groupe de mots peut se lire indifféremment de gauche à droite ou de droite à gauche en gardant le même sens. Palindrome d'appellation d'origine contrôlée… et validée.*

Au bruit familier de l'ouverture du grand portail automatique, les lectures cessent et les regards se lèvent vers la Nissan Juke noire de Jeanne Blanchard. L'automobile devient maintenant immobile devant le garage. D'un tempérament énergique, Papillon se montre la plupart du temps enjouée et drôle, mais pas aujourd'hui. Après avoir claqué la portière de son véhicule, rejoint ses amis et les avoir embrassés à toute vitesse, ce petit bout de femme aux cheveux roux, ornés comme à l'accoutumée d'un pic à cheveux papillon, gesticule dans tous les sens en vociférant. Anna tente de maîtriser la tempête.

— Calme-toi et assieds-toi, ma belle ! Edmond nous a préparé un bon cocktail Mojito sans alcool bien frais, comme tu l'aimes. Respire… et raconte-nous ce qui te contrarie. Tu m'en as déjà touché un mot au téléphone, mais je voudrais en savoir un peu plus.

Suivant les conseils de son amie, Jeanne se reprend, malgré cette colère bouillonnant continuellement en elle depuis ce maudit jour… Après une première gorgée du délicieux breuvage, elle se confie.

— La semaine dernière, deux individus ont sonné au portail de notre villa. Ils ont remis à Maman deux invitations non nominatives pour la soirée d'inauguration de leur centre astrologique. Ce centre a pour nom « Le Logis » et pour directeur « Louis Gauffri », comme il est précisé sur les documents. J'en suis sûre : il s'agit bien de la même bande dont j'avais empêché l'installation à Trigance, au pays de mes vacances, l'année dernière. Et voilà que ce pseudo-centre – certainement une secte, d'après moi – est parvenu à s'implanter au pays de mon enfance. Non, mais quel culot ! Tu te rends compte...

Constatant qu'un tsunami de colère s'apprête à submerger de cris la bouche de Papillon, la romancière prend brusquement la parole d'une voix pourtant douce.

— ... Et c'est la raison pour laquelle nous répondrons présentes à ces invitations, ce soir, toutes les deux. D'ici là, il faut impérativement que tu te décontractes. Promets-moi de ne rien dire. Nous devons rester discrètes si nous voulons découvrir ce qui se trame.

Promesse prononcée, les deux femmes bavardes font une pause, puis se tournent vers l'homme seul muet. Se sentant attaqué, le mâle se défend.

— L'astrologie, les sectes et tout ça : ce n'est pas mon dada. Je vous laisse faire. Une petite sortie en copines... mais, bien sûr, si vous avez besoin d'un coup de main...

Anna ne doute pas qu'elle peut compter sur son chevalier servant. Au cas où... Sachant qu'il fuit les bains de foule, elle n'insiste jamais quand elle lui propose

d'assister à ses séances de dédicaces ou à ses conférences. Alors, encore moins à la conférence d'un inconnu.

Jeanne rassure Edmond : elles ne seront pas seules.
Guy, un retraité de la Police et ami de son père, sera
présent ce soir au Logis. Il s'est porté volontaire pour
une petite enquête. Dans l'hypothèse où Papillon serait reconnue, pour que Guy puisse garder son ano-
nymat et poursuivre ses investigations, ils feront
mine de ne pas se connaître et veilleront à n'avoir
aucun contact.

— Je me souviens de Guy. Tu nous l'avais présenté. C'est bien ce type sympathique qui boite de la
jambe droite ? questionne Edmond.

— Oui, c'est lui !

— Tu vois, ma Jeanne ! Toute cette affaire
s'annonce bien. Pas besoin de s'énerver, enchaîne
Anna.

Joignant le geste à la parole, la romancière renverse
son verre sur la table. Sa maladresse habituelle
n'étonne plus ses proches depuis longtemps. Des
éclats de rire accompagnent des mouvements de tête
semblant exprimer : « *— non ! ce n'est pas possible.
Encore une fois. Elle exagère.* » La maladroite se lève.
Elle tient à nettoyer elle-même le résultat de ses bou-
lettes. Alors qu'elle se dirige vers la porte d'entrée,

elle se tord soudain le pied et s'affale sur le sol, déclenchant l'hilarité de ses deux témoins. Papillon la remercie.

— Anna, ma chérie ! C'est trop gentil de vouloir me faire rire, mais tu devrais arrêter tes pitreries : tu risques de te blesser.

— Mais je ne le fais pas exprès et je me suis blessée, répond la grande blonde en grimaçant, se relevant péniblement bien que soutenue par le bras solide de son mari.

Cette cascade imprévue et mal exécutée – *il n'est pas aisé d'imiter le grand Belmondo* – change l'emploi du temps immédiat. Les amies devront se séparer : l'une ira suivre la piste du Logis dans quelques heures, l'autre devra suivre les conseils et la prescription de son médecin tout de suite.

Pendant qu'Edmond prévient leur docteur, et parvient à obtenir un rendez-vous urgent, Papillon donne l'une des invitations à son amie.

— Tiens. Regarde sur ce papier : si tu vas mieux, la semaine prochaine, on pourra y faire un tour. Une séance d'information est programmée chaque soir à partir de lundi.

— Je veux bien. On se tient au courant... plutôt à partir de mardi selon mon état. Lundi soir, ce ne sera pas possible. Tu connais Paul, notre garde du corps… Il fait partie d'une compagnie de théâtre amateur et ils viennent tous, à ma demande, nous interpréter leur dernière pièce en fin d'après-midi. Pour les remercier, j'ai prévu un apéritif dînatoire après la représentation. Écoute ! Puisque tu es indisponible ce week-end, je t'invite à passer la journée de lundi avec nous. Viens vers 10h00, comme ça, tu auras tout le temps de m'informer sur ton début d'enquête. Puis tu resteras pour applaudir nos comédiens. Ah ! N'oublie pas de faire une grosse bise de notre part à Yvonne quand tu lui souhaiteras sa fête des mères.

2 JOURS AVANT LE JOUR J

CHAPITRE 7

OÙ ES-TU, PAPILLON ?

Dimanche de la fête des Mères, 11 heures et quart : calme plat chez les Pristi. Le couple n'ayant pas d'enfant, la maman d'Edmond étant décédée, il ne reste plus qu'une mère à célébrer : celle d'Anna. L'an dernier, la Parisienne presque octogénaire avait accepté de passer une semaine loin de la capitale. Elle avait eu droit au restaurant en plus du cadeau. Cette année, en l'absence de l'intéressée, c'est l'appel téléphonique qui devrait accompagner le bijou envoyé dans un bouquet de fleurs.

Allongée sur un fauteuil relax, la jambe droite surélevée, Anna tourne la tête vers son époux entrant dans le salon. Après avoir échangé un rapide baiser avec sa bien-aimée, il se place derrière le bar en lui demandant :

— Alors, cette cheville ? Pas trop mal ?

— Ce n'est qu'une foulure, je me remettrai vite sur pied. Tu remarqueras que je suis sage et que je ne commets pas d'imprudence.

— Je suis fier de toi, ma chérie. Et j'ai constaté que, depuis que tu t'es mise à la cigarette électronique, tu fumes beaucoup moins. Félicitations !

— C'est le but. Ah ! Il faut que je te dise. Je voulais t'attendre pour appeler Maman, mais elle m'a devancé. C'est elle qui vient de me téléphoner. Elle t'embrasse et nous remercie pour les cadeaux. Elle les a reçus ce matin. La magnifique composition florale répand un parfum divin dans l'appartement et elle porte déjà le collier de perles à son cou. Gisèle l'emmène pour un déjeuner croisière sur la Seine. Elle nous enverra des photos par mail.

Tout en servant l'apéritif, Edmond répond à son épouse.

— C'était donc ça, le repas-surprise entre filles concocté par la belle-soeur. Elle aurait pu te proposer d'y participer.

— Tu connais ma sœur. Elle est gentille, mais un peu jalouse. Elle avait envie d'avoir sa maman pour elle toute seule. Ça ne me gêne pas : moi, j'ai l'homme de ma vie pour moi toute seule.

Autre échange de baisers, plus long que le précédent.

Au même moment, à quelques kilomètres de là, Yvonne s'inquiète. Dans sa villa ollioulaise, la maman de Jeanne attend sa fille. Elle devait venir la chercher au plus tard à 11 heures, il est 11h50 et toujours pas de Jeanne. Pas normal. La pitchounette est rarement en retard et, lorsque ça lui arrive, elle prévient. *Son téléphone est sur répondeur*, remarque-t-elle. *Si elle conduit, je peux comprendre. Je me fais sûrement du mauvais sang pour rien.*

L'heure tourne et un silence angoissant s'installe. 12 h 15 : pas normal. *Pourvu qu'elle n'ait pas eu d'accident !*

Aujourd'hui, pas de grand repas, pas de chichi chez les Pristi. Ils ont commandé des sushis. Toujours prévenant, Edmond a insisté pour servir sa chère Anna sur un plateau. Sans changer de position, la romancière se régale. Elle apprécie une dernière bouchée de ses succulents rouleaux japonais au moment où le téléphone surprend le couple par ses sonneries inopportunes.

Qui peut vouloir nous joindre à 13h00, un jour de fête ? C'est certainement une erreur, semblent s'interroger du regard Anna et Edmond. Devant l'insistance du stupide objet bruyant, l'homme de la maison prend la communication. Après un simple « allo » interrogatif, son visage change peu à peu d'attitude à l'écoute de son interlocutrice.

— … On va vous aider, chère Yvonne. Vous êtes seule… Votre voisine reste avec vous ?... C'est

bien. J'informe Anna et nous commençons les recherches. Je vous contacterai dès que j'ai du nouveau
et je vous demande de nous avertir si vous avez des
nouvelles. Courage ! À très bientôt !

L'appel terminé, il s'assied près de son épouse et lui
prend tendrement la main.

  — C'était la maman de Jeanne. Papillon a disparu. Mais elle n'a que deux heures de retard ; il y a
sûrement une explication.

Ces paroles se voulant rassurantes n'ont pas l'effet
escompté. Elles déclenchent chez Anna une pointe au
cœur, une douleur vive pareille à une décharge électrique. « Pas normal » est la formule souvent employée par Yvonne pour qualifier une situation inhabi-
tuelle préoccupante. La romancière a souvent entendu la maman de Jeanne prononcer ces deux mots
qui résonnent aujourd'hui dans sa tête, comme un re-
frain infernal revenant sans cesse. Elle connaît son
Papillon et sait que pour rien au monde elle ne s'ab-
senterait, ni aurait autant de retard un jour de fête
des Mères. Pas normal.

Alors commencent les investigations tous azimuts. Se
ressaisissant, Anna dirige les opérations et répartit les
rôles : elle au standard téléphonique à Bandol, lui à
l'enquête sur place à Ollioules. Avant qu'Edmond ne
rende visite à Yvonne, il a pris soin d'installer un gué-
ridon à côté d'Anna. Sur cette petite table figurent les

téléphones (fixe et portable), une liste de numéros d'urgence, un annuaire, le carnet à spirales, un stylo, une bouteille d'eau, un verre et une boîte de Doliprane en cas de douleurs de la cheville malade.

Tant pis si des appels ont déjà été effectués du côté d'Ollioules, Anna contacte à son tour tous les organismes susceptibles de l'aider à retrouver son amie. Hôpitaux, pompiers, SAMU, secours : rien. Réponse de la police : pour la disparition d'un adulte, il est trop tôt pour ouvrir une enquête, cette fuite pouvant être volontaire. Pour une prise en compte immédiate, il faut que la demande soit réalisée par un proche prouvant que cette disparition est inquiétante.

De retour de la cité des oliviers, Edmond fait son rapport. Yvonne n'a plus vu sa fille depuis vendredi soir. Surprise par son absence, samedi matin, elle a consulté tout de suite son portable où se trouvait un SMS de Jeanne. Elle devait partir précipitamment pour une affaire urgente, mais sera impérativement de retour dimanche bien avant 11 heures.

— Une affaire urgente ? Ça m'étonne. Elle ne m'a rien confié à ce sujet et pourtant on se dit tout. Quelqu'un a dû la joindre vendredi soir, après notre dernière rencontre. J'ai le téléphone de sa collègue du journal. Elle pourra peut-être nous renseigner.

Sans perdre une seconde, Anna appelle… et la douce voix tintant dans son oreille gauche ne lui apporte aucune réponse positive.

Une larme coule sur sa joue alors qu'une question s'affiche dans son esprit :

« où es-tu, Papillon ? »

1 JOUR AVANT LE JOUR J

CHAPITRE 8

LES COMÉDIENS AMATEURS

Dans l'une des chambres de sa modeste mais charmante villa toulonnaise du quartier des Routes, Paul Verlan, jeune homme de vingt-cinq ans, taillé comme une armoire à glace, dort, lamentablement étalé sur ce qu'il a coutume de nommer son « plumard ». Il porte encore ses habits de la veille. Dans son rêve, brusquement, tout devient sombre. Puis, petit à petit, l'image de la gueule d'un gros chien noir apparaît. Il se réveille alors en sursaut.

— Nounours, fada que tu es ! Tu m'as flanqué une de ces frousses ! chante presque Paul grâce à son fidèle accent provençal.

Fier de son effet, Nounours, le Bouvier des Flandres aussi costaud et poilu que son maître, remue la queue en aboyant joyeusement.

— Oh ! Doucement ! Baisse un peu le volume ! J'ai trop bringué, hier soir, et on dirait que tu es plusieurs.

Paul s'assoit sur le bord du lit et se rappelle de brefs moments de la soirée. Il se revoit dans ce bar du port de Toulon, à la tombée de la nuit, envahi par cet inconnu qui l'interpelle sans cesse.

— On a gagné ! On a gagné ! Allez Toulon ! Hé, toi, le pilier, trinque encore un petit coup avec moi !

— Non, j'en peux plus ! lui répond Paul, déjà bien imbibé d'alcool.

Nounours jappe de nouveau, ce qui ramène son maître à la réalité.

— Moins fort, Nounours ! Oui, ça va, je me pointe. Moi aussi, j'ai besoin de changer l'eau des olives (*).

(*) Expression provençale qui signifie uriner.

Il descend l'escalier, puis ouvre la porte d'entrée. Nounours court dans le jardin. Il pleut à verse. Bien abritée sous son parapluie cloche, une belle jeune femme à la taille mannequin, du même âge que Paul, à la longue chevelure blonde et aux yeux bleus, s'agite devant le portail.

— Ah ! Enfin, te voilà ! Dépêche-toi avant que je me noie ! crie-t-elle.

— Rentre vite, Julie, qu'il pleut ! On se croirait chez toi, là-haut, dans le Nord !

— Tu sais ce qu'il te dit, le Nord ?

— Et s'il me disait « bonjour » ?

— Bonjour, mon ogre préféré !

Ils s'embrassent amicalement. Nounours grogne.

— … Mon ogre préféré, après Nounours, bien sûr ! ajoute la Lilloise, en caressant d'un geste rapide le molosse noir dont le poil épais commence à se mouiller sérieusement.

— Installe-toi, soeurette !

Après s'être excusé de la visite obligatoire le contraignant à utiliser sans tarder ses toilettes, il retrouve celle qu'il considère comme sa petite sœur, quelques minutes plus tard, dans le coin salon de la salle à manger pour l'apéritif traditionnel. Elle tient un verre d'alcool à la main, lui : un verre d'eau. Julie s'en étonne.

— Tu ne colores pas ton eau d'un jaune « pastis », aujourd'hui ?

— Hier, je me suis dégoûté de l'alcool pour un bon mois.

— Je n'arrive toujours pas à le croire !

— Tu peux me croire, ma belle ! Pendant un mois : plus de pastaga (*) !

(*) Signifie pastis en parler provençal.

Julie corrige alors son ami. En fait, ce qu'elle n'arrive pas à croire, c'est que la célèbre romancière Anna Pristi leur a prié de lui permettre d'assister à une répétition générale de leur spectacle ; et mieux encore, elle a tenu à ce que cette représentation ait lieu chez elle, aujourd'hui, en fin d'après-midi.

— Oncle Joël est comme fou. Tu penses : sa pièce de théâtre vue par une spécialiste de la plume.

— Et Céline, ta tante, je crois qu'elle est encore plus gaga que lui.

Céline et Joël : ce sont les Rossetti. La tante et l'oncle de Julie. Deux soixantenaires retraités. Elle : petit brin de femme, dépassant à peine le mètre cinquante, aux belles rondeurs et au sourire étincelant ; lui : petit bonhomme jovial, un mètre soixante, bien proportionné. Mariés depuis plus de trente ans, ils s'aiment comme au premier jour. Ils habitent dans la même rue que Paul et, chaque été, ils recevaient leur nièce au mois d'août. Tous les ans, la chtimi était ravie de jouer, lors de ses vacances aoûtiennes, avec sa cousine, ses deux cousins et Paul, le copain du quartier. Puis, lorsque Julie a quitté sa belle ville de Lille pour son emploi de costumière à l'Opéra de Toulon, elle a vécu quelques mois chez Tata et Tonton avant de se trouver un logement.

Toujours sous le choc de l'évènement à venir, elle questionne son grand frère de coeur.

— Pour Anna Pristi, comment as-tu fait ?

— C'est tout con ! Oh, pardon ! Il faut que je soigne mon langage. Bref, un jour que je m'étais un peu mieux exprimé que d'habitude, elle m'a complimenté, et c'est comme ça que je lui ai avoué qu'on m'avait embrigadé pour jouer dans une pièce de théâtre. Mais, attention : en amateur. Et puis quand j'ai rajouté que ça causait « astrologie ». Alors, là, on aurait dit une gamine. Elle a insisté pour nous voir. Elle m'a même demandé la permission. Non, mais, tu te rends compte ? À moi : la permission !

— Oh, mon Paulo ! C'est formidable !

— Et puis, tu verras, elle est très gentille. Elle se la pète pas. Pas comme ces gonzes qui se tiennent tellement droits qu'ils doivent plus savoir se baisser pour se lacer les chaussures.

Après quelques rires, la discussion devient plus sérieuse. La costumière a bien sûr pris en charge les costumes et a prévu d'effectuer quelques dernières retouches à 14 heures, puis les quatre comédiens partiront vers Bandol deux heures plus tard. À midi, Céline et Joël débarquent avec des restes du repas de la veille. Ce buffet improvisé remplace les pizzas que Paul voulait commander.

Souvent, après le repas, Joël est sollicité pour raconter une légende provençale. Il a choisi pour l'occasion celle de l'âne de Gonfaron.

— Bon, alors, puisque vous la voulez, la voilà : « la chapelle de Gonfaron a pour nom Saint-Quinis. Elle surmonte son village et, chaque année, les villageois organisent la procession vers leur chapelle. Depuis très longtemps, on sollicite chaque habitant. Chacun doit nettoyer devant sa porte dans les rues où passe le cortège. En 1645, un Gonfaronnais refusa de faire sa part de travail et dit : « - si Saint Quinis trouve le passage trop sale, il n'aura qu'à sauter par-dessus ! ». La mairie prit en charge le nettoyage et la fête put être célébrée ; mais cet épisode fâcheux demeura dans les têtes gonfaronnaises… Quelque temps plus tard, le vieillard acariâtre, à cheval sur son âne, descendait de la montagne… Quand, tout à coup, attaquée par des taons, la bête s'emballa. Elle bifurqua de son chemin habituel et fit un vol plané qui envoya son « jockey » au régime sans selle, et surtout le jeta violemment sur le sol. Lorsque la nouvelle se sut au village, ce fut le début d'une moquerie sans fin, chacun s'écriant : « – c'est bien fait, Saint Quinis l'a puni, son âne a volé ». Et c'est donc depuis ce temps-là que l'on prétend qu'à Gonfaron, les ânes volent ».

À la fin des applaudissements, Paul se lève, se met à braire… Puis, sur un dernier « hi-han » bien sonore, il mime un bruissement d'ailes avec ses bras et s'envole immédiatement vers la cuisine pour préparer le café. Une fois dans la pièce, la cafetière en main, son portable vibre dans sa poche…

La conversation téléphonique terminée, il regagne sa place au milieu de la troupe et annonce :

— Désolé, mes amis ! La représentation est reportée. Anna nous attend tout de même pour le café.

1 JOUR AVANT LE JOUR J

CHAPITRE 9

LES NOUVEAUX ENQUÊTEURS

Pour une fois que Gabriel Duroc s'accorde une semaine de vacances, il lui faut écourter son séjour chez
ses parents, demeurant à Roses en Espagne depuis le
départ à la retraite du papa. L'année dernière, le
grand et beau jeune homme de 28 ans, aux cheveux
châtains et aux yeux noisette, avait perdu sa fiancée.
Cette demoiselle sublime, qu'il venait tout juste de
demander en mariage à ce moment-là, était également son associée dans son agence de détectives
avant que l'amour ne change leurs rapports. Le décès
d'Angélina l'avait plongé dans une dépression aux
formes multiples. Tout d'abord : trois mois de fermeture d'agence pour se soigner ; ensuite : reprise des
arts martiaux pour se défouler ; et enfin : le travail
en solitaire sans interruption, ajouté au sport et aux
litres de café pour tenir la cadence.

Alors, récemment, sa mère, inquiète, était parvenue
à le raisonner au téléphone.

— Arrête-toi quelques semaines et viens ici pour te changer les idées. Ce sera mon plus beau cadeau de fête des Mères.

Pour accompagner ce conseil maternel, son père, fan de Jacques Brel, était intervenu en fond sonore pour lui interpréter un extrait de la chanson Rosa :

— Rosa, rosa, rosam…

Devant tant d'insistances bienveillantes, il n'avait pu qu'accepter l'invitation pour Roses (ou Rosas).

Ignorant qu'il s'était absenté, Anna Pristi l'avait prévenu sur son portable, le dimanche soir, de la disparition de Jeanne Blanchard. Il avait connu la journaliste à l'enterrement d'Angélina, puis ils s'étaient revus plusieurs fois depuis le drame. Il y a deux mois, lors d'une rencontre fortuite, Papillon avait présenté le détective à la romancière, qui lui priait aujourd'hui d'enquêter pour retrouver son amie. Il ne pouvait pas refuser. Cette amie était également celle de sa regrettée fiancée. Ses parents l'avaient bien compris, et il leur avait promis de revenir dès que possible pour prolonger cette pause qu'il n'avait que commencée.

Enfin, il avait tout de même pu souhaiter une bonne fête à sa maman, la veille. Il était parti à 7 heures ce lundi matin, au volant de sa 308 CC bleue. Malgré la bonne température, il avait laissé la capote fermée, la pluie étant annoncée sur la côte varoise. Durant le trajet, de la commune espagnole au nom fleuri à la ville française toute en longueur, pendant 4h30 environ, il avait eu le temps de s'alimenter rapidement en cassant la croûte d'un sandwich, de se désaltérer grâce à quelques boissons et surtout d'ingurgiter quelques expressos avant de rentrer chez lui. Chez lui : c'est en fait la maison familiale dont il hériterait un jour, en tant que fils unique, mais que ses mère et père avaient définitivement désertée pour leur vie en Catalogne. Il profitait donc déjà de cette maison de pêcheur à deux étages avec petit jardin, située à Toulon dans le quartier du Mourillon, à 50 mètres de la mer. Il avait garé sa voiture près de sa moto, dans son garage placé dans la rue voisine de l'habitation, près de son ancien studio, devenu agence de détectives. Pour le rendez-vous de 14 heures, il prendrait sa moto. *La Shadow 750 noire sera plus pratique, surtout pour le retour : pour traverser Toulon à la sortie des marins et des civils travaillant à l'Arsenal,* juge Gabriel.

En ce lundi, en début d'après-midi, à Bandol, dans le salon de la superbe propriété des Pristi, toute l'assistance écoute très attentivement Anna, toujours calée dans son fauteuil relax. Paul Verlan s'est placé près de son amie, Julie Soufflet. Derrière elle se tient le détective Gabriel Duroc. Edmond Pristi trône dans son superbe fauteuil, quant à Céline et Joël Rossetti, ils occupent le canapé. Anna commence alors son exposé.

— Hier, Papillon, enfin « Jeanne », était attendue comme chaque année par sa maman. « Quelque
importantes que soient mes activités, j'ai toujours mis
un point d'honneur à ne jamais rater cet évènement,
ne fût-ce qu'une seule fois ! », m'avait-elle confié un
jour. Et pourtant, cette fois-ci, en ce dimanche de fête
des Mères : pas de Jeanne. Nous l'avons cherchée
partout. Nous avons signalé sa disparition à la police
– Edmond a même contacté son ami commissaire —
mais tous nous ont répondu que, dans le cas de disparitions de personnes adultes, ils ne pouvaient pas
intervenir. En effet, toute personne majeure est libre
de s'en aller où elle veut, et cela peut être un choix
délibéré. Par conséquent, aucune enquête officielle
n'est envisageable dans l'immédiat. Jeanne ne voulait
pas disparaître. Dans mon for intérieur, je savais
qu'elle n'aurait jamais laissé sa pauvre maman seule,
à se morfondre, le jour de la fête des Mères. C'est
pourquoi j'ai décidé, en accord avec mon époux, de
nous lancer à la recherche de Papillon. Pour cela, nous
avons fait appel au détective Gabriel Duroc, ici présent, qui prendra la direction des opérations, et à Paul
Verlan, notre fidèle garde du corps, qui le secondera.
Non seulement vous avez répondu présent tout de
suite, mais Paul vous a emmenés, vous trois, ses
compagnons de scène, qui nous offrez spontanément
votre aide. Mes gentils comédiens, je vous remercie,
mais je ne peux pas vous imposer…

— Vous n'avez rien imposé, c'est nous qui nous
sommes portés volontaires, rectifie Julie.

À son tour, Céline s'adresse à la romancière.

— Laissez-nous mettre notre modeste expérience de comédiens amateurs à votre service, pour une bonne cause.

Anna reprend la parole.

— Je suis désolée pour votre pièce de théâtre, mais, dès que cette histoire…

Joël l'interrompt gentiment.

— Il n'est plus question de théâtre, pour l'instant. Nous nous joignons à Gabriel et à Paul. C'est décidé.

L'émotion d'Anna lui fait murmurer un « – merci, mes amis ! ».

C'est alors que Gabriel intervient.

— Maintenant que l'équipe est constituée, chère Anna, informez-nous sur cette histoire de « Logis ».

La romancière, en femme du monde qu'elle est, se ressaisit donc et continue son exposé.

— Vendredi après-midi, Papillon nous a rendu visite…

Tout en se remémorant ce souvenir récent, Anna a répété mot pour mot tout ce qui avait été dit et termine son récit.

— … Jeanne a envoyé un SMS à sa mère pour l'avertir qu'elle devait partir pour une affaire urgente et ne revenir que dimanche, mais ce message lui a semblé bizarre. Depuis vendredi soir, depuis son départ pour la conférence du Logis : plus de nouvelles de Papillon. Je suggère de commencer l'enquête dans ce centre astrologique. Cette semaine, tous les soirs à 21 heures, il s'y déroule une séance d'information. J'y serais bien allé si ma cheville me le permettait, mais je dois éviter de trop marcher pendant encore deux ou trois jours.

Gabriel se lève.

— Reposez-vous tranquillement et laissez-nous faire. Nous allons constituer des équipes. Nous nous y rendrons dès ce soir et vous renseignerons dès la séance terminée du résultat de nos premières recherches. Une dernière question avant de vous quitter : avez-vous pu contacter Guy, le policier retraité ?

— Yvonne a laissé des messages sur son téléphone, mais il ne l'a pas rappelée, répond la romancière. Puis elle a donné son adresse à Edmond : résultat nul. Personne à son domicile. Je vous donne sa description au cas où il se manifesterait ce soir. C'est un septuagénaire chauve, taille moyenne, qui boite de la jambe droite.

1 JOUR AVANT LE JOUR J

CHAPITRE 10

AVANT-PREMIÈRE

Avant leur première visite au Logis, il est un peu plus de 17 heures quand les deux groupes formés par le détective se préparent, chacun de leur côté. Paul et Nounours n'interviennent pas : ils restent en retrait. Le premier groupe est constitué de Céline et Joël ; quant au second, ce sont les faux fiancés : Julie et Gabriel.

De l'intérieur de la maison de Gabriel, la porte d'entrée s'ouvre sur Julie qui avance lentement, découvrant tout autour d'elle un décor qui semble lui plaire.

— Que c'est mignon, chez vous ! remarque-t-elle.

Après avoir fermé la porte, le détective lui sourit timidement en s'asseyant.

— Fais comme chez toi ! Mets-toi à l'aise, ma chérie !

Décontenancée, la jolie blonde écarquille les yeux, son regard bleu fixé sur le jeune homme qui, sous une belle apparence, cacherait peut-être une âme noire. *Il est bien familier, tout d'un coup,* pense-t-elle.

— Pardon ?

Il explique :

— Pour le Logis, nous sommes un couple d'amoureux. Il vaut mieux commencer tout de suite à se tutoyer et à jouer nos rôles.

— Ah ! Oui ! Vous… Tu as raison, approuve-t-elle, rassurée.

Pendant qu'elle s'assied à son tour, il saisit le coffret à bagues disposé dans la vitrine, près de sa chaise, pour le déposer délicatement dans la main féminine aux doigts fins et aux ongles colorés de sa fausse amoureuse.

— Voilà ce que j'allais oublier : la bague de fiançailles. Mets-la tout de suite à ton doigt, s'il te plaît !

— Oh ! Merci ! Tu me gâtes.

Elle paraît surprise après avoir glissé le bijou dans son annulaire. Elle contemple sa main gauche. Lui se doutait que le tour de doigt de Julie serait sensiblement le même que celui d'Angélina. Pour s'abstenir de toute explication, il enchaîne :

— Revenons à nos moutons et, dans un premier temps, récapitulons ! Nous sommes fiancés. Je t'ai offert cette bague à cette occasion et toi ma chevalière. Tu viens de perdre ton père, auquel j'étais également très attaché, et, pour nous changer les idées, nous aimerions étudier l'astrologie, science qui nous a toujours attirés, mais dont nous avons tout à apprendre…

— Ne t'inquiète pas : j'apprends vite mes leçons… Si j'osais, je te poserais bien une question…

Il devine où elle veut en venir.

— … Sur la bague de fiançailles ? !

— Oui.

— J'avais offert une bague de fiançailles à Angélina… Mais, celle-ci, je n'ai pas eu le temps…

— Elle est partie.

Après une hésitation, il se reprend.

— Elle est partie pour le pays dont on ne revient pas.

— Oh ! Désolée.

Gabriel observe son invitée. Pendant un court moment de silence, il s'interroge. *Que faire ? Tergiverser, mentir une fois de plus*… Enfin, le jeune homme décide qu'il est temps de se confier.

— Au début de notre relation, nous n'étions qu'associés dans notre agence de détectives. Chacun s'occupait de ses clients, mais, lorsque l'un ou l'autre devait s'absenter pour quelques jours, l'enquêteur présent gérait temporairement toutes les affaires en cours. Elle était née à Castellane, dans les Alpes-de-Haute-Provence. Elle connaissait le Verdon comme sa poche. Elle me l'a fait découvrir. Je ne pourrais pas te dire combien de promenades sur tous les sentiers… d'escalades sur de nombreuses parois… de descentes sur la rivière émeraude en rafting et même à la nage on a faites. J'ai découvert la nature et j'ai appris à respirer grâce à elle… Nous étions passés d'associés à amis, puis l'amitié s'est transformée en amour. On vivait comme dans un rêve jusqu'à ce jour maudit, l'année dernière, où l'on a retrouvé son corps, près de Rougon, au pied de la falaise du Point Sublime… On a prétendu qu'elle avait glissé… Je n'ai jamais compris… C'est à ce moment-là que j'ai rencontré Jeanne. Papillon était à la fois son amie et l'une de ses plus importantes clientes.

Visiblement touchée par cette confidence, Julie s'approche de Gabriel et affirme avec douceur :

— La bague d'Angélina nous portera bonheur. On va réussir à trouver Papillon.

Il hoche la tête en esquissant un sourire, puis consulte sa montre.

— Ne traînons pas trop : nous risquons d'être en retard. J'ai réservé chez l'Italien. Il faut manger tout en discutant. Peaufiner nos personnages avant la séance.

Gabriel se prépare pour sortir quand Julie l'interpelle :

— Oncle Jo et tante Céline nous rejoignent directement sur place ?

— Oui, mais, pour toutes les personnes présentes au Logis, nous devons les considérer comme de parfaits inconnus. Évitons même de leur adresser la parole, sauf si nous ne pouvons pas faire autrement, répond Gabriel.

— Et Paulo ?

— Je lui ai fourni une vieille carte de détective, sur laquelle nous n'avons changé que la photo. Dans deux ou trois jours, si nous n'avons rien découvert, il se présentera pour une enquête officielle.

Tout en le dévisageant pour scruter sa réaction, elle s'exclame :

— On devrait se dépêcher, Mamour !

— Mamour ?

— Oui, c'est comme ça que Tante Céline et Oncle Jo se surnomment tendrement. À moins que tu ne préfères « biloute » ?

Ignorant visiblement ce mot, Gabriel répète :

— Biloute ?

– Oui : c'est un mot amical dans le Nord. C'est du ch'ti.

— Et ça signifie... ?

— Ça veut dire : « petite bite » !

— C'est vexant !

— Mais non ! En fait, c'est plutôt affectueux…

— Non, non ! Mamour, finalement, ça m'ira très bien !

Ravie de son effet, et surtout d'avoir pour un instant remplacé un souvenir douloureux par un moment d'humour, Julie s'accroche délicatement au bras de son pseudo-fiancé et lui lance :

— Alors, allons-y, Mamour !

Bien que gêné dans un premier temps, Gabriel consent malgré tout à entrer dans son jeu.

— Oui, chérie !

Puis ils sortent, bras dessus bras dessous.

Un peu plus tôt dans ce même après-midi, l'autre groupe, celui des Rossetti, se promène dans les ruines du château médiéval d'Évenos. En voiture, Évenos se trouve à 20 minutes de Toulon, et encore plus près d'Ollioules. Ils auront largement le temps de réaliser tous les projets immédiats qu'ils ont prévus.

La spécialiste en réflexologie plantaire, que consulte Céline à Ollioules, lui a commandé une sculpture du pied du diable pour décorer la salle d'attente de son cabinet. En contrepartie de cette création, l'artiste aura droit à deux séances gratuites le même jour, dont un massage des pieds et une voyance, la thérapeute étant également médium et maîtrisant le tarot de Marseille.

Joël a donc emmené Céline dans ce lieu pour mieux lui raconter la légende relative à ce fameux pied du diable.

— Té, Mamour ! Tu vois ce château, là-bas ?

— Oui, enfin, on le devine !

— C'est le château du Diable. Mais pas de panique ! Si on prétend que Le Malin habitait dans les cavernes du château, maintenant ça fait belle lurette qu'il les a quittées.

— Il a déménagé ?

— En quelque sorte ! En fait, on l'a fait partir. On, autrement dit « saint Martin » dont je vais te narrer la légende à condition que tu n'en fasses pas des cauchemars et que tu nous laisses dormir tranquille.

Céline corrige son époux.

— Des rêves prémonitoires, pas des cauchemars !

– Si tu veux. Enfin, pour moi, c'est du pareil au même : ça nous empêche de dormir.

— Raconte toujours ! C'est pas grave : si on roupille moins la nuit prochaine, nous ferons autre chose.

— Ah, alors ! Si tu me prends par les sentiments…

Ils s'embrassent. Puis Céline réclame :

— Bon alors, Mamour ! Cette légende : c'est pour aujourd'hui ou pour demain ?

Joël conte alors son histoire.

— Voilà, voilà ! Regarde bien le château du Diable et imagine la scène, sous des éclairs diaboliques qui fouettaient un ciel sombre et fantastique, sois témoin du défi que Satan lança à Martin. Défi auquel notre bon évêque répondit ainsi :

« — … Et si je réussis trois sauts formidables, de montagne en montagne, tu t'en iras et les pauvres habitants de Nèbre pourront vivre en paix ?

— Ah, non ! Ce serait trop facile, mon petit cureton !

— Sache que je m'appelle Martin et que je suis évêque !

— Diable ! Mais c'est qu'on serait susceptible ! Un de mes défauts préférés !

— Abrège, Démon ! Tu n'as pas répondu à ma question.

— Oh, ça va, ça va ! Voilà ma proposition : nous devons faire tous les deux, l'un après l'autre, trois sauts gigantesques. Si tu n'y parviens pas ou si nous sommes à égalité : je reste.

— Ce n'est pas très honnête !

— Je suis désolé : l'honnêteté n'a jamais été ma tasse de thé. Enfin, tant pis ! Puisque tu te dégonfles…

— Non, non ! Je trouve que ce n'est pas régulier, mais j'accepte ton défi. Alors, vas-y !

— Non. À toi l'honneur ! »

Après avoir interprété brillamment, comme le bon comédien amateur qu'il est, les deux personnages, Joël continue son récit.

— Martin inspira profondément avant de sauter une première fois jusqu'au « Gros Cerveau », puis une deuxième fois jusqu'à l'Espilugué, et enfin jusqu'à la Cacoye. Il se retourna en souriant vers Satan. Le Diable, sûr de lui, applaudit l'évêque et commença à sauter. D'un bond, il atterrit sur Castellas… puis sur le Capeu Gros. L'évêque s'agenouilla alors et pria, ce qui déclencha les éclats de rire du Malin. Au moment même où le Diable s'élançait, une tornade terrible précipita Satan vers le sol. La force de l'impact fut telle que le corps du démon créa dans la roche une nouvelle gorge : le ravin du Destel. Son arrivée fut si brutale qu'il laissa l'empreinte de son pied dans la roche du lit du torrent.

Son conte achevé, sûr de son effet, le comédien apprécie le court moment de silence qui ponctue sa prestation, comme des applaudissements muets.

— Elle est belle, cette légende, commente Céline, ça m'étonne que tu ne me l'aies jamais racontée.

— Tu es sûre ?

— Certaine ! Je m'en souviendrais !

De retour dans la voiture, le conteur surprend l'œil rieur de sa spectatrice.

— Toi, tu me mijotes une bêtise.

Après un rire discret, elle conclut :

— Tout faux. Pour rester dans notre actualité, au menu de ce soir : palette à la diable.

1 JOUR AVANT LE JOUR J

CHAPITRE 11

LE DISCOURS DU LOGIS

À 20 h 50, sur la route des gorges d'Ollioules, Joël tient le volant d'une Mini Cooper flambant neuve, à la robe noire et au toit rouge. Il discute avec sa passagère, Céline, qui lui fait remarquer :

— Heureusement que Julie nous a prêté sa belle petite merveille depuis hier matin. Notre vieille guimbarde est encore et toujours en panne.

— Il est grand temps de changer de voiture, Mamour.

— Tu comptes la ramener à la maison ce soir ?

— Non. Paul viendra m'aider, demain matin, avec son Land Rover, quand son père lui aura rendu sa barre à tracter. Là où elle est, elle ne gêne personne et ne risque rien.

— Tu te souviens de la « Mini » qu'on avait, au début de notre mariage ?

— Je l'aimais bien… Même si c'était un vrai « tape-cul ». Ils ont fait des progrès, depuis… Rien à voir avec l'ancien modèle.

— Le prix n'est pas le même non plus. Attention ! Nous arrivons bientôt.

— Alors, en scène ! Sur les trois coups, les projecteurs vont éclairer Céline et Joël : couple sans enfants, sans famille, qui s'ennuie et ne sait plus que faire de son argent.

— Une belle paire de pigeons !

En ce début de soirée, la voiture ralentit et s'engage dans la propriété bien éclairée dont le portail reste ouvert. Joël gare la Mini Cooper sur le parking, à côté d'une superbe décapotable, une « Peugeot 308 CC ».

Assis maintenant dans la salle de conférences au milieu de nombreux participants, ils visionnent un film de présentation sur le Logis. Des images fortes sont commentées par le barbu et chevelu conférencier.

— Vous voici arrivés au Logis… Mais entrez donc !

Au commencement du documentaire, en se séparant, les portes du grand portail dévoilent l'extérieur, puis l'intérieur du Logis, au fur et à mesure que l'on avance par le truchement de la caméra.

— Chers futurs étudiants ! Bienvenus dans notre centre d'études sur l'astrologie ! Venez apprendre toutes les facettes de votre signe astrologique, dans l'une des douze maisons : celle qui vous correspond. Voici l'une d'entre elles, que vous pouvez visiter si le cœur vous en dit. Que vous soyez Balance ou Verseau… Nos cours vous guideront vers l'épanouissement. Cette connaissance de soi développera en vous cette confiance dont toute personne a besoin… Parallèlement à cette recherche intérieure, nous analyserons ensemble tous les maux de notre temps : le trou dans la couche d'ozone… le réchauffement de la planète… les tsunamis… Toutes ces catastrophes ne sont pas le fruit du hasard. Alors, venez vite bénéficier de nos connaissances… au Logis, bien sûr !

Le dernier plan du film montre une magnifique photographie du centre. À la fin de la projection, la lumière remplace le rétro-projecteur, puis le conférencier s'adresse aux spectateurs.

— Nous aimerions offrir notre enseignement gratuitement, pour tous. Mais, pour le bon fonctionnement de notre centre, nous sommes obligés d'imposer une participation aux frais, et donc d'appliquer des tarifs à nos cours. Ils sont raisonnables, rassurez-vous, et à la portée de toutes les bourses, comme vous pourrez le constater sur le bulletin d'inscription que nous mettons à votre disposition. Pour conclure, mes chers amis, après vous avoir remerciés de votre attention, je vous souhaite un excellent week-end et vous dis, je l'espère, à très bientôt !

Dans le hall, quelques conversations forment un brouhaha qui s'atténue peu à peu, au départ des bavards. Julie surveille Gabriel qui semble chercher quelqu'un. Ils se parlent discrètement à l'oreille.

— Tu as vu une de tes connaissances ?

— Oui, mais il a soudain disparu. Au début, je jetais un dernier coup d'œil en espérant reconnaître Guy, d'après la description donnée. J'avais bien repéré deux chauves d'environ soixante-dix ans pendant la séance, mais, dès qu'ils se sont déplacés, j'ai pu constater qu'aucun d'eux ne boite. Et puis j'ai aperçu ce type…

Avant de quitter les lieux, une main sur la poignée de la porte d'entrée, un homme marque un temps d'arrêt et tourne vivement la tête en direction de Gabriel. Ce dernier reconnaît l'individu, qui sort alors précipitamment.

Le détective fait signe à Julie.

— Viens vite : il s'enfuit !

Ils se lancent aussitôt à la poursuite du fugitif.

Une voiture démarre en trombe et déguerpit du parking. Gabriel s'empresse de monter dans sa superbe

308CC, côté conducteur, tandis que Julie s'installe rapidement, côté passager. S'ensuit alors une poursuite infernale sur la dangereuse route des gorges d'Ollioules. Au bout de plusieurs tentatives dangereuses, Gabriel parvient à doubler le véhicule de l'inconnu. Il le force à se garer. Le fuyard tente à ce moment-là de détaler à toutes jambes. Gabriel lui court après, lui saute dessus et le plaque à terre. Le rouquin essoufflé, la quarantaine, haut d'un mètre soixante-dix et – comme aurait souligné Paul – maigre comme un stoquefiche (*), se trouve coincé.

(*) Expression provençale qui signifie très maigre.

Le détective menace son prisonnier.

— Alors, Michel ? Toujours aux basques de Jeanne ! Qu'est-ce que je t'avais promis ?

– Non, Gabriel, rétorque Michel, je te jure : je la laisse tranquille.

Ayant suivi le combat de loin, soldé par un KO au début du 1er round, Julie se dirige vers les deux hommes lorsque la sonnerie de son téléphone portable retentit.

— Allô ?

Pendant qu'elle s'immobilise, occupée par sa communication téléphonique, Michel se redresse. Il se tient maintenant debout, tout en restant prisonnier de Gabriel qui poursuit son interrogatoire.

— Tu me prends pour un con ? Tu continues à la suivre alors que je t'avais gentiment ordonné de lui foutre la paix !

— Ce n'est pas de ma faute ! Je l'aime. C'est vrai : je la suis quelquefois, mais moins souvent qu'avant et toujours discrètement. Juste pour la voir.

— Nous aussi, on voudrait la voir. Alors, tu vas me dire où elle est !

— Je n'en sais rien.

— Tu veux vraiment que je m'énerve, c'est ça ?

Julie interrompt le combat.

— Arrête, Gabriel ! Anna vient de m'appeler. Elle nous attend chez elle demain matin. On a retrouvé Papillon…

JOUR J

CHAPITRE 12

ON A RETROUVÉ PAPILLON

— On a retrouvé Papillon…

Il est un peu plus de 9 heures en ce mardi matin. Anna commence sa tirade, d'une voix triste, sur un débit lent comme un ruisseau calme en apparence, donnant l'impression à son auditoire que chaque spectateur présent fait partie intégrante du sombre tableau qui se dessine, là-haut, dans la montagne.

— … Des randonneurs admiraient le vol des vautours fauves. Puis, il leur a semblé que les rapaces tournoyaient autour d'un endroit précis. Ils se sont donc dirigés vers ce lieu qui attirait les volatiles… Et c'est là, au pied de la falaise du Point Sublime, dans ces magnifiques gorges du Verdon qu'elle aimait tant, qu'ils ont découvert son corps… Elle a été tuée d'une balle en plein cœur.

Dans le salon des Pristi, une personne s'est raccordée au groupe d'enquêteurs. Ce volontaire supplémentaire : c'est Michel. L'homme poursuivi par Gabriel la veille. Il l'avait supplié de l'emmener ce matin, après avoir appris la terrible nouvelle de la bouche de Julie.

Le détective avait cédé. *Il détient peut-être des informations importantes même à son insu,* pensait-il. Les Pristi avaient accepté de le recevoir.

Anna fond en larmes à présent. Tout en sanglotant, elle s'adresse à la photo de Jeanne qu'elle soulève dans sa main tremblante.

— Quel monstre a pu être assez abject pour fomenter ton assassinat, mon amie ? J'étais persuadée qu'il se passait quelque chose d'anormal et je n'ai pas pu te sauver, mon petit Papillon.

Michel s'extasie devant ce portrait :

— Oh, mon amour, si j'avais su…

— Vous n'avez rien à vous reprocher, dit Gabriel à Anna.

— On avait au moins commencé les recherches, enchaîne Paul. On a été plus rapide que la police, mais ça n'a pas suffi.

Céline, maternelle, la console à son tour.

— Vous étiez inquiète parce qu'elle avait disparu, mais comment auriez-vous pu deviner qu'elle risquait de perdre la vie ?

— Je ne sais pas, sanglote Anna, mais j'avais un mauvais pressentiment.

Edmond réconforte son épouse.

— Madame a raison, ma chérie. Tu ne pouvais pas savoir.

L'attitude digne des autres intervenants contraste avec celle de Michel, qui n'en finit pas de se plaindre exagérément.

— Oh, si j'avais su…

Bien qu'excédé, Paul se maîtrise et chuchote à Gabriel :

— Elle va se calmer toute seule, la pleureuse, ou il faut que je l'aide ? Il fait un peu tache dans le décor, ton collègue !

Le détective réplique sur le même ton :

— Ce n'est pas mon collègue ! Laisse, je m'en occupe.

Michel implore Anna. Il aimerait garder cette belle photographie de Jeanne. Gabriel fusille du regard le pleurnicheur, s'excuse d'avoir imposé sa présence et invite fermement son « non-collègue » à quitter la pièce.

— Oh, si j'avais su, je l'aurais suivie…, se lamente à nouveau le partant malgré lui.

Gabriel pousse le plaignant vers la sortie.

— Pour une fois, ça nous aurait rendu service.

— Je l'aurai suivie quand ils l'ont emmenée.

Ces derniers mots étonnent l'assemblée. Gabriel s'arrête net. Toutes les paires d'yeux sont braquées, telles des carabines chargées, vers le soupirant désespéré.

— Mais parle, boudiou (*) ! Parle ! À quoi tu joues ? Tu te prépares pour une audition ? C'est pas le moment !

(*) Signifie « Bon Dieu » en parler provençal.

Après ce reproche de Joël, Julie s'insurge.

— Comment ? Elle a été kidnappée sous vos yeux et vous n'avez rien fait ?

Paul intervient.

— Ensuqué comme il est, ça m'étonne pas !

Ne gémissant plus, Michel tente de se justifier.

— Mais non ! Ils ne l'ont pas enlevée…

Anna prend la défense de l'accusé.

— Taisez-vous, s'il vous plaît ! Laissez-le parler.

Céline la seconde et pose sa main sur l'épaule du pauvre diable.

— Oui. Asseyez-vous, Michel… Calmez-vous et racontez-nous les faits dont vous avez été témoin.

Protégé par ses « avocates », le prévenu témoigne posément.

— Eh bien, voilà ! La semaine dernière, j'avais le cafard. Ça faisait déjà trois semaines entières que je ne voyais plus mon soleil, ma Jeanne. Alors, comme je savais qu'elle ne supportait plus ma présence, je me suis déguisé pour la suivre, de loin, histoire de l'apercevoir de temps en temps…

Pour une fois, Edmond perd presque son sang-froid.

— Au fait, mon ami, au fait ! Soyez gentil de nous dispenser d'un long discours. Ne reprenez votre récit qu'à l'action qui nous intéresse.

« – bon, d'accord ! », dit le maigrichon éploré, qui se concentre sur son exposé.

On imagine alors sans mal la scène, et surtout le personnage principal, piteusement interprété par Michel, accoutré d'un déguisement ridicule, constitué entre autres bizarreries d'une perruque et d'une fausse barbe.

— … Subtilement travesti donc, j'avais suivi mon « Papillon » à distance jusqu'à l'intérieur du Logis. Après la projection du film, je m'étais placé dans un coin du hall, de façon à pouvoir la contempler, encore une dernière fois pour la journée… Mais dès qu'elle s'est levée de sa chaise, elle s'est retournée vers moi pour planter ses prunelles dilatées par la colère dans mes lunettes de soleil. Elle m'avait reconnu…

Paul ne peut s'empêcher de s'esclaffer.

— Quel couillon ! Se cacher derrière des lunettes de soleil, le soir et à l'intérieur ! Y'a pas plus discret !

— Je sais, reconnaît Michel, mais, sur le coup, comme seuls mes yeux n'étaient pas camouflés, je les ai dissimulés derrière mes Ray-Ban, machinalement, comme je le faisais habituellement quand je l'observais à l'extérieur. Bref, c'est à ce moment-là qu'elle a marché droit vers moi, d'un pas décidé. Je me suis dit : « – ça y est : elle va me gifler ! » Et puis, alors que deux mètres seulement nous séparaient, deux hommes l'ont abordée. L'un était brun, trapu, de taille moyenne ; l'autre : c'était un géant blond avec un léger accent russe, encore plus costaud que Paul. Alors, moi, je n'osais plus bouger… Mais j'ai tout entendu. Voilà, à quelques mots près, toute leur conversation : « – bonsoirr, Madame ! articula le blond, en roulant le « r ».

— Bonsoir, Messieurs !

C'est le brun qui a posé la première question.

— Vous êtes bien la célèbre journaliste Jeanne Blanchard ?

— Oh, « célèbre » ! Si peu…

De sa voix de stentor, le géant enchaîna :

— Allons, ne soyez pas modeste ! Nous apprécions votrre talent.

— Merci, mais, dites-moi, même si je me sens flattée d'apprendre que vous aimez le style de mes articles : comment m'avez-vous reconnue ? on ne publie que très rarement des photos de ma petite personne, et je travaille dans la presse écrite, pas pour le journal télévisé.

— Quelqu'un qui vous surnomme « Papillon » souhaiterait vous revoir, précisa le brun.

Jeanne, rassérénée par cette information, s'exclama :

— Ah ! Bien sûr. Suis-je bête ? Peu de gens se souviennent de ma tête, mais tout le monde connaît mes « papillons ».

Le blond lui indiqua la voie à suivre.

— Si vous voulez bien vous donner la peine…

— Où allons-nous, et qui est ce mystérieux ami ?

Le brun la tranquillisa :

— Soyez sans crainte, vous verrez. Votre ami vous attend dans son bureau.

— Vous ne me dévoilerez pas son nom ?

— Il tient à vous fairre une surrprrise.

Jeanne, curieuse, mais à présent confiante, se laissa guider.

— Bien que je sois atteinte d'une curiosité maladive, j'adore les surprises. Alors, passez donc devant, Messieurs, pour me montrer le chemin ! Je vous suis. »

Michel termine son récit.

— Les deux hommes sont partis devant Jeanne, comme elle le leur avait demandé. Ils avaient le dos tourné lorsqu'elle m'a jeté un dernier regard incendiaire. Le grand blond lui a ouvert la porte, puis ils sont entrés tous les trois.

— Et après ? demande Gabriel.

— Après, je me suis vite échappé. J'avais trop peur de me prendre une baffe.

Paul, énervé :

— C'est maintenant que tu vas te la prendre, ta baffe !

Joël s'interpose.

— Arrête, Paul ! Laisse-le tranquille ! De toute façon, pour la pauvre madame Blanchard, nous arrivons trop tard.

Anna, répétant la dernière phrase :

— Nous arrivons trop tard pour retrouver Papillon, mais nous devons à présent démasquer son assassin. C'est ce que Jeanne voudrait. Je l'imagine très bien m'ordonner amicalement : « — ne perds pas de temps, ma chérie ! Trouve ce meurtrier, cette ordure, au plus vite ! ».

— Je reprends l'enquête, décide Gabriel.

— « Nous » reprenons l'enquête, rectifie Paul.

Gabriel commente cette réaction.

— Ton soutien me sera utile, ami !

— Pour plus de précisions, Gabriel, dans le « Nous » de Paul, il y avait, en plus de vous deux : Céline, Joël et moi, ajoute Julie.

— Ainsi que moi, croit conclure Michel.

Diplomate, et pour éviter toute réaction hostile envers le rouquin envahissant, la romancière tranche :

— Vous ferez équipe avec moi, Michel ! j'ai besoin d'un chauffeur. Même si je me déplace de mieux en mieux, je suis encore incapable de conduire et mon époux doit s'absenter de temps à autre, pour ses affaires et pour ses soins.

Cette décision semble convenir à Michel, comme au détective sur le visage duquel transparaît soudain un grand soulagement.

— Parfait ! Nous nous rendrons donc au Logis dès que possible, décrète Gabriel. Sur ce bulletin d'inscription du centre, il est spécifié que l'on peut s'inscrire aux heures d'ouverture, de 08h00 à 12h00 et de 14h00 à 18h00 tous les jours de la semaine. Attaquons sans tarder ! Un groupe ce matin et l'autre cet après-midi. Avant de se séparer, que chacun d'entre nous écrive son numéro de portable sur une feuille. Comme ça, nous aurons tous la possibilité de nous joindre au moindre besoin. Par exemple, dès que l'un d'entre vous trouve Guy, merci de me prévenir tout de suite.

Ce qui fut dit est sur le point de se faire. La feuille de papier, fournie par Edmond puis noircie de numéros de téléphone, circule dans chaque main sous les yeux humides d'Anna qui expriment, en plus de la tristesse, une infinie reconnaissance au moment où ils se posent sur chaque membre de l'assistance.

Ravi du rôle qui vient de lui être attribué, Michel émet un vœu du bout des lèvres : celui de dire adieu à la femme qu'il aime. Anna le prévient que ce ne sera pas possible tout de suite, et pas souhaitable plus tard. Une autopsie aura lieu demain à l'institut médico-légal de Marseille. Yvonne, la mère de Papillon, accompagnée par ses amis et voisins, est actuellement la seule personne autorisée à voir le corps de sa fille. Quand viendra le temps des obsèques, lorsque ses proches pourront enfin se recueillir, il faudra respecter les volontés de la défunte. Elle rejetait Michel de son vivant, il a le devoir de la laisser partir en paix. La romancière propose alors à son conducteur temporaire de rouler jusqu'au Verdon pour déposer des fleurs là où elle fut trouvée par des marcheurs. Marcheurs qui, l'ayant déjà croisée dans la région, l'avaient immédiatement identifiée. Michel se résigne à accepter ce projet, qui lui convient finalement.

Malgré l'investigation judiciaire officielle, confiée à la brigade de Recherches de Castellane pour déterminer les causes et circonstances du décès, la romancière annonce :

— Aujourd'hui, c'est le jour J. Le jour durant lequel débute l'enquête parallèle. Celle que nous effectuerons pour retrouver et punir l'ordure qui a volé la vie de notre Jeanne. Cette enquête, nous la mènerons jusqu'à ce que nous trouvions la réponse à la nouvelle question :

« Qui t'a volée, Papillon ? »

CHAPITRE 13

DES FAITS ÉTRANGES

De l'auberge qui surplombe l'entrée du grand canyon des gorges du Verdon, au sein du pittoresque village de Rougon, Anna téléphone.

— … Oui, Gabriel ! Nous restons ici pour la nuit. J'ai préféré réserver deux chambres, dont une pour Michel. 2 h 30 environ, voilà la courte durée de cette moitié de voyage, et pourtant je suis trop fatiguée, trop éprouvée pour supporter un aller-retour dans la journée. Edmond ne peut s'absenter de Bandol cette semaine. Heureusement que Michel s'est rendu disponible pour m'épauler. Il m'a tout d'abord servi de chauffeur, puis il a suivi à ma place le montagnard, votre copain Patrice, pour descendre jusqu'à l'endroit où notre pauvre Jeanne a été découverte. Une autre personne les accompagnait : l'un des randonneurs, un habitué, qui avait le premier aperçu la scène macabre de ses jumelles. Comme convenu, Michel a déposé le bouquet de camélias là où elle gisait et l'a filmé pour me le montrer. Je n'ai malheureusement pas pu faire partie de l'excursion : ma cheville est encore fragile et je ne suis pas en assez bon état pour effectuer ne serait-ce qu'une petite marche. Patrice m'a chargé de vous informer que, d'après lui, le cadavre de Papillon était allongé sur le même rocher où se trouvait le corps de votre pauvre Angélina…

Assis derrière le bureau de son agence de détectives, Gabriel tient son portable de la main gauche.

— … Sur le même rocher ? Ça confirme ce que je pensais. Quand j'ai su que Jeanne avait été retrouvée à Rougon, alors qu'elle avait été vue pour la dernière fois à Ollioules, soit à 150 km de distance, j'ai supposé qu'il pourrait y avoir un lien entre ces lieux et ces disparitions. Je suis donc venu au bureau pour fouiner dans les archives d'Angélina. Elle m'avait parlé de cette secte qui avait failli s'établir à Trigance, près de Rougon. Angélina avait commencé son enquête, mais le problème fut vite résolu par l'achat du domaine par Papillon. Je savais qu'il fallait que je fouille… Finalement, j'ai mis la main sur quelques documents relatifs au grand maître de cette secte, et cette tête ne m'est pas étrangère…

Tout en empoignant une photo, comme s'il tenait le col d'un ennemi, Gabriel fixe de ses yeux remplis de haine un portrait. Ce visage… Mais oui ! C'est bien celui du conférencier du Logis…

Et c'est justement au Logis, assis sur de confortables fauteuils dans le bureau dudit conférencier, que les comédiens amateurs, Céline et Joël, interprètent leurs personnages. Sur le mur, en face de lui, Joël lit du regard le court extrait d'une poésie écrit en belles lettres :

« Je veux, pour composer chastement mes églogues,

Coucher auprès du ciel, comme les astrologues... ».

Au-dessous de cette citation, le nom de son auteur est précisé : « Charles BAUDELAIRE ».

Le maître des lieux se présente :

> — ... Louis Gauffri, pour vous servir, chère Madame, cher Monsieur ! Que me vaut l'honneur de votre visite ?

Passionné par les rimes autant que par les dialogues de théâtre, et désirant prouver à son interlocuteur qu'il reconnaît ce poème, Joël invoque les deux vers suivant ceux inscrits sur le mur.

> — « Et, voisin des clochers, écouter en rêvant

Leurs hymnes solennels emportés par le vent. »

Bonne entrée en matière, se dit l'acteur, fier de son effet. *Nous n'allons pas tarder à devenir les meilleurs amis du monde.*

Louis, apparemment impressionné, le félicite :

> — Bravo, cher Monsieur ! Seriez-vous poète ?

> — Oh, non ! Je ne fais que citer.

— Et qui est l'auteur de ces vers ?

Surpris par la question de Louis, Joël marque un temps d'arrêt avant de se reprendre et de répliquer :

— … Je ne m'en souviens plus. Veuillez m'excuser, mais on se sent tellement bien chez vous qu'on en éprouve l'envie de s'y laisser aller.

Sur scène comme dans la vie, Céline réagit rapidement pour éviter un blanc, pour combler l'éventuel trou de mémoire de son partenaire par une improvisation opportune.

— Ça fait longtemps que tu ne déclames plus d'alexandrins. Pourtant ça te plaisait, et à moi aussi.

— Oui. Je revis depuis quelques instants.

À l'écoute de ses proies faciles, Louis estime qu'une offensive immédiate passera aussi bien qu'une feuille de tract publicitaire dans une boîte aux lettres.

— J'en suis ravi…

Le grand maître use alors de toute son expérience d'escroc, de sa voix envoûtante et de ses yeux clairs d'hypnotiseur pour charmer ses victimes. Celles-ci incarnent avec tant de brio leurs personnages de riches ahuris qu'ils regrettent que la scène ne soit pas filmée. Leur talent ne sera donc jamais reconnu.

CHAPITRE 14

RENDEZ-VOUS AVEC GUY

Malgré le beau temps se reposant sur la côte varoise en ce mois de juin, Gabriel a refermé le toit de son coupé décapotable. Probablement exténué d'avoir été trop éclairé, le jour s'efface devant le soir en tombant progressivement. Ils ne sont que deux dans l'automobile, dont le côté « passager » est occupé par Julie. Ils patientent… Stationnés dans les bois sur le parking du centre culturel de Châteauvallon, à Toulon, ils trompent leur ennui, sans bruit. Elle : en consultant son rectangle magique où sont enfermées toutes sortes d'informations et qui consent parfois à se transformer en téléphone… Lui : en observant les alentours tout en réfléchissant. La plus légère de ses réflexions : l'interrogation sur la marque de l'agréable parfum féminin qui remonte lentement dans ses narines… Ce parfum, il est sûr de le connaître, mais… ça y est : il se rappelle. *J'apprécie ta petite robe noire, ma belle, pour nommer ton parfum plutôt que ta tenue,* cogite le détective, *mais si c'est pour me séduire que tu fleures bon, j'aime autant te prévenir : mon cœur est fermé pour cause de deuil.* Puis il revient, toujours en pensées, à l'affaire et au souvenir de l'entretien d'hier soir avec les Rossetti. Voici les péripéties rapportées par les amoureux de longue date :

Après leur entrevue avec Louis Gauffri, un homme brun trapu avait dirigé le duo de retraités, riche comme Crésus et crédule jusqu'au ridicule, vers une « maison mobil-homme », puis vers d'autres lieux du domaine. Le tour terminé, le guide avait quitté ses clients, refusant poliment le pourboire que le benêt de mari lui tendait. *Il se croit au musée ou quoi ? Quel neuneu !* estima intérieurement Francis, un sourire en coin. Il les avait laissés dans la boutique où Céline consultait un livre, quelques minutes plus tard. Joël remarqua que le profil du vendeur correspondait à la description de Guy. L'homme s'était approché de son épouse en boitant. Par un dialogue court et discret, l'acteur fut conforté dans sa première impression et Céline, à l'écoute de la conversation, glissa les coordonnées de Gabriel dans le manuel d'astrologie ; puis, elle le remit à l'ancien policier récemment infiltré.

Enfin, retour au présent. Les bustes des ex-assoupis se redressent à la vue d'un véhicule qui se place en face d'eux. Aux appels de phare que lui adresse le nouveau venu, Gabriel répond par les siens. Il sort ensuite de sa 308 CC, en claquant faiblement la portière, imité par Julie, pour rejoindre l'inconnu qui les convie à s'asseoir dans sa voiture.

— Désolé, Mademoiselle, mais avec ma guibole boiteuse, j'ai penché pour que ce soit plutôt vous qui veniez jusqu'à moi… balbutie l'individu.

— Vous n'aviez pas besoin de vous excuser. C'est tout à fait normal, le rassure Julie.

— La demoiselle s'appelle Julie et moi Gabriel. Et vous, vous êtes donc Guy, le collègue du père de Jeanne ?

— Oui, mais je n'ai pas pu la voir ce fameux samedi. Nous devions nous réunir sur ce parking après son petit passage au Logis. Je l'ai attendue un long moment… Et puis je suis parti… N'ayant plus de nouvelles, malgré tous les messages envoyés sur son répondeur, je suis revenu au centre le lendemain pour la rechercher.

— Et qu'avez-vous trouvé ? questionne Gabriel.

Guy entame alors son explication en concédant qu'il a eu de la chance. Il a été introduit par une ancienne connaissance, qu'il avait repérée lors de la soirée d'inauguration. C'est un voleur qu'il avait coffré dans son ancienne vie. Voleur, mais jamais meurtrier, et c'est ce qui inquiétait l'ex-prisonnier à propos de sa nouvelle bande. Il l'avait interrogé sur la disparition de Papillon. Le cambrioleur avait peur. À cause de quelques sous-entendus lâchés par l'un des employés avant l'annonce du drame, il était persuadé que Jeanne avait été exécutée par un membre du centre. Alors, il regrette aujourd'hui de s'être mouillé dans ce Logis où il travaille. Pour ne pas éveiller les soupçons et protéger sa famille, il continue à faire comme si de rien n'était. Il a permis à Guy d'obtenir un poste de vendeur et d'agent de sécurité en le faisant passer pour l'un de ses anciens collaborateurs. Il espère ainsi son aide pour se sortir de ce guêpier. Muni de faux papiers, l'ancien policier s'était présenté, sans trop y croire au début, à cause de sa jambe malade. Finalement, le patron a jugé bon d'embaucher au moins une personne handicapée. D'après lui, c'était excellent pour les apparences. Il n'avait pris ses fonctions qu'hier, mais avait déjà recueilli pas mal de renseignements grâce aux confidences de son Arsène Lupin. Confidences que Guy partage enfin :

— Pour bien comprendre le but de ces soi-disant astrologues, il faut que vous sachiez ce que contient le boniment le plus rémunérateur que l'on projette à ceux qui, inconsciemment, semblent prêts à se faire plumer. Voici le baratin en question, à quelques mots près, tel qu'il m'a été raconté. À vous d'en inventer les images !

À l'écoute de la voix de Guy, Julie et Gabriel ont l'impression d'entendre celle du conférencier et d'assister à son « sermon ».

Si le policier retraité va restituer dans les grandes lignes l'intervention de Louis Gauffri, je choisis – cher lecteur – de vous en transmettre la version intégrale, sans les images d'un documentaire aux musiques d'ambiance adaptées à chaque situation (*impossible à intégrer dans un roman non illustré*).

— Les textes sacrés de grandes religions, comme le Y Jing chinois, les Indiens hopis d'Amérique, les Hadiths musulmans et les codes secrets de la Bible ont décrit et annoncé l'apocalypse. Cependant, si le calendrier maya s'arrête le vingt et un décembre deux mille douze, cette date étant largement dépassée, nous avons tous constaté avec soulagement que la fin du Monde ne s'est pas produite. Toutefois, personne ne niera le dérèglement climatique que nous subissons depuis quelques années, qui va perdurant et s'aggravant au fil du temps. Les tsunamis et les tremblements de terre nous le rappellent régulièrement. Je ne me sers pas de prophéties pour étayer mon discours. Vous vérifierez si vous le désirez cette information sur Internet : la fin de la civilisation en 2050 est évoquée par une étude australienne si rien n'est fait pour freiner le réchauffement de la Terre. D'après ce rapport, je cite : « en 2050, la hausse de la température moyenne à la surface du globe aura atteint 3 °C. Plus de la moitié de la population mondiale sera exposée à des chaleurs létales au moins 20 jours par an… ». Ce savant compte rendu stipule également que « la Grande Barrière de corail ou la forêt amazonienne se seront effondrées. En été, l'océan Arctique sera navigable, libre de toute glace. Quant au niveau des mers, il aura augmenté de 0,5 mètre… ». Un expert tempère néanmoins cette analyse en affirmant que « la fin de la civilisation n'est pas la fin de l'humanité » ; humanité qui subsistera, même si elle devra s'adapter. Bien sûr, il s'agit ici des prévisions les plus graves ; mais ne vaut-il pas mieux agir avant qu'il ne soit trop tard ? Pour vous protéger, vous : nos fidèles, ainsi que tous ceux qui feront le bon choix de vous emboîter le pas, nous avons déjà acheté, grâce à vos dons et à ceux de tous les responsables de notre centre, ce hameau à Beauvène *(le commentateur désigne du doigt la séquence projetée relative à ses propos)*, en Ardèche, situé sur un terrain constructible de 130 000 m2. Vous avez tous reçu un exemplaire du titre de propriété sur lequel figure votre nom. Comme vous le montrent ce projet et ces photographies, sur cette importante superficie se grefferont des maisons supplémentaires et quelques commerces. Entouré par des prairies et des montagnes, ce bourg servira de base à la création de notre village, que nous baptiserons Le Logis. Pour permettre son aménagement, il faut que chacun d'entre nous finance ce nouvel espace de vie, synonyme de survie pour nous, nos proches et nos descendants. Ce nouveau Logis devrait être habitable en 2030. Grâce à Dieu et à notre action commune, nos vies évolueront dans un Monde meilleur, lavé de tout ce soi-disant progrès qui a conduit notre planète vers ces catastrophes dues au dérèglement climatique. Nous réapprendrons à vivre simplement et veillerons à défendre la Nature. Amen.

Sur ce dernier mot, le conférencier semble sorti du corps de Guy qui s'exprime alors en son propre nom.

— Tous les vendredis, chaque futur habitant du futur Logis achète une pièce de monnaie ancienne avec tout l'argent qu'il a pu gagner. Puis, le soir venu, ils prennent part à la cérémonie des offrandes.

— Ils font un vœu et jettent leur pièce dans le puits, suppose Julie.

— Exactement, poursuit Guy, ils savent que les dons servent essentiellement au financement du Logis, mais croient que la monnaie achetée est une obole supplémentaire faite à Dieu. Quand ces dépôts en liquide sont effectués, ils devraient être perdus à jamais, pas vrai ? ! Eh bien non ! Animé par un doute et surpris par la circulation d'une variété de pièces de monnaie anciennes parfaitement identiques, j'en avais rayé trois. Alors qu'elle avait disparu lors d'une célébration deux semaines auparavant, l'une d'entre elles a refait surface. Je l'ai reconnue. Elle avait été soigneusement repeinte, mais, en grattant un peu, elle avait repris ses formes d'origines et ses rayures récentes... Il y a un mystère là-dessous.

Gabriel constate :

— Belle arnaque ! C'est le puits que nous avons aperçu dans le jardin, au milieu des maisons ?

— Oui... Vous aimeriez y faire un tour ?

— Vous n'y êtes pas descendu ? demande Gabriel.

— Non, à cause de mon handicap, mais je serais curieux de savoir ce qu'il cache.

— Un puits : c'est un puits ! affirme Julie. Ça débouche au fond d'un trou, voilà tout !

— Oh, non ! Pas celui-là, Mademoiselle !

Gabriel intervient.

— De toute façon, j'en aurais bientôt le cœur net, si je parviens à l'explorer. Vous avez un plan ?

— Demain matin, je serai de garde. Vous n'aurez qu'à venir à cinq heures. Je serai seul. Je vous ferai entrer et le tour sera joué.

— J'ai hâte d'y être, réagit Julie.

— Il n'est pas nécessaire d'y descendre à deux, Chérie. Ça risque d'être dangereux.

— Mais non, mon bon monsieur, je vous le répète : je serai seul. Vous n'aurez rien à craindre.

Julie implore si bien son pseudo-fiancé du regard qu'il n'a pas d'autre choix que celui de lui céder.

— Bon, c'est entendu !

CHAPITRE 15

ENQUÊTE MATINALE

En ce début de matinée, une voiture aux phares et moteur éteints est plantée devant le portail du Logis. À l'intérieur de ce cabriolet, la passagère consulte l'horloge sur le tableau de bord :

« 04H48 ».

Après avoir rangé, pour la énième fois, le thermos de sa boisson chaude préférée, le conducteur au repos lui chuchote sèchement :

— Tu as bien éteint et caché ton portable, comme convenu ?

Le ton désagréable de cette interrogation murmurée surprend Julie qui rétorque :

— Oui, oui et oui. C'est la troisième fois que tu me poses cette question. Tu ferais bien de te calmer sur le café et sur les films de James Bond !

Même s'il a décidé de garder ses distances avec sa coéquipière pour qu'elle comprenne bien qu'il ne s'agit que d'une fausse liaison, qu'ils ne sont pas amoureux et qu'ils ne doivent pas le devenir, ce n'est pas une raison pour se montrer agressif. Gabriel se radoucit.

— Je te prie de m'excuser : je n'avais pas à te parler sur ce ton. Maintenant, revenons à nos personnages…

Interprétant une « première de la classe », la chouchoute de la maîtresse récite sa leçon sur un souffle, à la manière d'un enfant.

— … Et méfions-nous de tout et de tout le monde… À commencer par Guy, à qui nous cacherons la présence de nos amis, postés à deux cents mètres d'ici, prêts à intervenir à notre appel.

— Bravo ! Tu auras un bon point pour cette bonne réponse.

Un compliment ! songe la jeune fille médusée. *Il n'est donc pas bougon à temps complet.* Elle tente de détendre l'atmosphère.

— … Et une image ? Ah, non ! Pas encore. Il est vrai qu'une image ne s'obtient qu'au bout de dix bons points.

Regrettant ses mots gentils et soucieux d'éviter tout rapprochement, le détective se reprend en abrégeant la conversation.

— Concentrons-nous sur le travail et taisons-nous, ça vaudra mieux.

« 05H00 » annonce la pendule lorsque le portail s'ouvre, invitant la 308 CC à prendre place sur le parking. *Pile à l'heure !* remarque mentalement Julie. Guy oriente les visiteurs. Avant de sortir du véhicule, Gabriel envoie son bras vers la banquette arrière pour attraper un sac. Il en retire deux casques de spéléologie avec lampes frontales. Avant de coiffer le sien, il tend le premier à sa partenaire.

— Tiens ! J'ai apporté mes deux casques spéléo. Ce sera plus pratique que des lampes torches pour notre exploration.

— Alors, vous venez ? appelle Guy.

— Oui, tout de suite ! réplique Gabriel.

Pendant que les faux fiancés suivent le boiteux, non loin de là, à l'intérieur de son vieux Land Rover garé au bord de la route des gorges d'Ollioules, Paul regarde Céline. Elle est assise à ses côtés, devant Joël. La seule musique d'ambiance de l'habitacle provient du faible ronflement de Nounours, confortablement allongé dans le coffre transformé depuis des lustres en « banquette Nounours ». Céline raconte :

— Alors que je croyais dormir paisiblement, la nuit dernière, j'ai encore été dérangée par un rêve bizarre… Michel m'est apparu, tout vêtu de blanc, portant sur ses épaules des ailes d'ange, sur sa tête un bonnet d'âne, et dans sa main droite un rameau d'olivier. D'un vol silencieux, il poursuivait discrètement le diable qui, effectuant ses deux premiers sauts, ne se montrait que de dos. Son deuxième saut accompli, le Malin fit face à Michel et, à la place de sa sale tête diabolique, je découvris… le visage souriant et figé du conférencier…

— Et malgré un cauchemar pareil, tu laisses ta nièce s'aventurer avec ce fada ! C'est moi qui aurais dû aller avec lui ! reproche Paul, inquiet.

— Enfin, mon Paulo, tu la connais ! Elle a insisté pour l'accompagner.

— C'est vrai qu'elle est tellement têtue, elle aussi, admet le soucieux.

Joël intervient.

— Et puis il fallait jouer le jeu par rapport à Guy. Après tout, nous ne le connaissons pas.

— Ouais. En tout cas, s'il ne protège pas ma Julie, je me l'escagasse, l'ange Gabriel, maugrée le colosse.

— Oh, peuchère ! Notre Paulo ne serait pas un peu jaloux ? plaisante Joël.

— Moi, jaloux ! T'es pas devenu un tantinet jobastre (*) ? Ma Julie, c'est plus que mon amie d'enfance, c'est comme une petite sœur ! Alors, pas de ça entre nous, s'il te plaît !

(*) Signifie fou en parler provençal.

Céline amadoue son jeune ami.

— Ne te fais pas tant de mouron. S'il y a le moindre danger, elle me prévient, on débarque tout de suite et tu leur donnes l'absolution.

Réconforté par la maman de ses amis d'enfance, Paul se contient tout en restant sur le qui-vive.

— Ouais ! Ils vont voir comment je prêche dans ma paroisse !

— Y'a pas de risque ! D'autant plus qu'on a notre arme secrète : notre bon gros Nounours, ajoute Joël.

À l'appel de son nom, le molosse se dresse instantanément.

— Couché, Nounours ! commande son maître.

Le bon chien, obéissant, se recouche.

Parvenus jusqu'au puits, Julie et Gabriel écoutent Guy.

— Voilà ! J'ai placé l'échelle dans ce trou qui n'est pas bien profond. Quand vous serez descendus, je la retirerai, le temps de votre inspection, et j'irai la cacher - des fois qu'on aurait une visite imprévue ! – puis je reviendrai toutes les dix minutes…

— Vous pensez que nous aurons de la visite ? s'enquiert Gabriel.

— Non, jamais à cette heure-ci ! Mais la confiance n'exclut pas la prudence.

— Entièrement d'accord avec vous !

— Excellente idée, ces casques !

Après avoir remercié Guy, Gabriel s'adresse à Julie.

— Je suis habituellement galant avec les dames, mais pour une fois, je préfère passer le premier, pour ta sécurité.

— Très bien. Alors, honneur aux hommes !

D'un geste élégant du bras, elle cède le passage à son compagnon… puis patiente en compagnie de Guy. Très vite, une voix caverneuse lui donne le feu vert.

— C'est bon ! Vas-y !

— Une seconde : j'allume ma lumière, dit-elle en appuyant un doigt sur l'interrupteur de sa lampe frontale.

Guy aide Julie, en lui tenant la main, puis l'échelle.

La belle blonde au casque illuminé commence alors sa descente, barreau par barreau, vers son beau jeune homme, paré pour la recevoir au bas de cette immense cheminée aquatique. Avant qu'elle s'apprête à mettre un pied au sol, Gabriel s'écarte légèrement, puis la soulève vite dans ses bras à la stupéfaction de l'intéressée.

— Qu'est-ce que tu fais ?

— Je t'évite de te tremper : je patauge dans une vingtaine de centimètres d'eau.

En quelques enjambées, il se déplace jusqu'à l'entrée d'un passage souterrain, surélevé d'une cinquantaine de centimètres par rapport au fond humide. Il dépose délicatement sa fausse promise au sec, avant de se placer, avec ses chaussures et chaussettes sales et inondées, à côté des pieds de Julie, chaussés proprement et dépourvus de la moindre goutte d'eau. À la vue de ce spectacle éclairé par leurs deux projecteurs, ils partagent un sourire. Ils paraissent aussi un peu troublés par ce contact imprévu, tel le port de la mariée vers la chambre nuptiale. À l'instant où le détective se prépare à mettre le holà, la demande de Guy les ramène à la réalité.

— Je peux retirer l'échelle ?

— Oui, répond Gabriel. Revenez dans un quart d'heure, j'ai découvert un tunnel étroit, mais certainement assez long.

— J'en étais sûr ! affirme Guy. À plus !

Alors que l'escalier portatif semble s'élever tout seul, pour enfin disparaître discrètement, Julie talonne Gabriel dans ce passage mystérieux. Ils avancent prudemment. Curieuse, elle le questionne :

— Tu vois quelque chose ?

— Chut ! Éteins ta lampe et parle plus bas ! Il y a un peu de lumière par ici. De toute évidence, nous ne sommes pas seuls.

À pas lents – sans bruit pour l'une, mais avec de légers sons de baskets trempés pour l'autre -, le couple parvient jusqu'à la porte derrière laquelle ils aperçoivent un endroit éclairé. Comme convenu, Gabriel dirige la manœuvre. Après avoir dégainé son révolver, il fait un signe de la tête, Julie pousse la poignée et ils surgissent dans la salle, lui en avant… Ils sont alors étonnés par la vision d'une forme humaine, allongée sur le sol, bâillonnée et ligotée. Soudain, deux hommes armés les surprennent dans leurs dos. L'un d'eux n'est autre que Guy qui menace Gabriel.

— Si t'as pas envie que mon copain troue la jolie peau de ta poupée, tu vas être bien gentil de me confier ton jouet, mon garçon ! Et en douceur, s'il te plaît !

Gabriel s'exécute.

— Ce brave Guy ! Vous marchez mieux, il me semble.

— Oh, oui ! J'en avais marre de boiter, enfin de simuler… Et, à propos, appelle-moi plutôt Gaspard, c'est mon prénom ! Le « Guy », le boiteux, c'est le paquet cadeau qu'on vous a préparé.

Le « faux Guy », Gaspard donc, désigne du doigt l'homme allongé, puis ordonne à son complice :

— Fouille-les ! Et confisque-leur leurs petites affaires !

Apparemment pas très futé, l'acolyte paraît encore plus hébété.

— On les met à poil ?

– Mais non, imbécile ! Tu leur enlèves leurs papiers, leurs téléphones, leurs armes… Enfin tu m'as compris ?

— Oh, ça va, le vieux ! Et puis d'abord, je suis pas imbécile. Je pige tout, mais avec un peu de retard.

— Abrège ! Dépêche-toi au lieu de faire ton susceptible !

De l'une des poches du pantalon de Julie, le complice sort un téléphone portable ; puis c'est au tour de Gabriel, qui ne portait sur lui que ses clés de voiture.

— Ah, je constate qu'on voyage léger, remarque Gaspard. Les autres effets personnels sont restés dans le beau coupé sport, pas vrai ?

— La police sait que nous sommes ici, se hasarde à déclarer Julie.

« Le vieux » sourit, incrédule.

— Te fatigue pas, ma belle ! J'ai passé l'âge d'avaler des couleuvres. Allez, bien l'bonsoir la compagnie !

Au moment où les deux malfaiteurs vont pour sortir, Gaspard lance une dernière réplique :

– Et soyez les bienvenus dans la chambre à gaz !

Dès la fin du bruit de fermeture de la serrure, Julie se tourne vers le mur, certainement pour retoucher sa tenue. En bonne couturière, elle met un point d'honneur à ne jamais paraître débraillée, quelles que soient les circonstances. Tout en s'arrangeant, elle s'alarme :

— La chambre à gaz ? Qu'est-ce ça veut dire ?

Gabriel, visiblement très énervé :

— Nous verrons bien. En tout cas, mes félicitations pour le portable ! Tu n'as pas trouvé utile de le planquer alors que c'est ce que nous avions prévu. Résultat : nous ne pouvons pas prévenir les autres.

Julie se retourne et, déjà fière de son futur effet, exhibe un autre portable.

— Et ça, qu'est-ce que c'est ?

— Tu en avais un deuxième ?

— Ils n'ont pris que mon ancien téléphone, que j'avais placé dans ma poche. Comme ça, je m'assurais que l'on n'irait pas chercher ce que l'on croyait avoir déjà trouvé.

— Tu es géniale ! Je ne ferai plus de blagues pourries sur les blondes, je te le promets !

— Bonne résolution. Je préviens Tante Céline immédiatement.

— Et moi, je libère ce pauvre Guy.

Soudain, alors qu'elle attend la communication et pendant qu'il défait les liens du vrai boiteux, on entend un petit bruit.

— Tata ?... Ah, c'est toi, mon Paulo ! Venez tout de suite ! Nous sommes prisonniers… précise Julie. Il faut descendre dans le puits. Nous sommes enfermés dans la pièce qui se trouve presque au bout…

— Ce bruit : c'est du gaz ! crie Gabriel.

— Dépêchez-vous, dit Julie en toussotant au téléphone. Ils viennent d'ouvrir le gaz !

Guy réagit.

— Retenez votre respiration !

Alors que Gabriel essaie vainement de défoncer la porte, Julie et Guy s'évanouissent. Puis le détective tombe à son tour.

CHAPITRE 16

LA CAVALERIE

Derrière le grand portail fermé du Logis, de l'intérieur de la propriété, on devine qu'un véhicule imposant se rapproche au bruit du moteur dont le volume sonore augmente… Puis, dans un vacarme infernal, cette entrée verrouillée est défoncée par l'arrivée fracassante d'un Land Rover, qui freine subitement. Paul et Joël surgissent du 4x4 tandis que Céline, toujours assise à l'intérieur, brandit son arme favorite : son téléphone portable.

— Jo ! Libère le fauve ! rugit Paul.

Joël ouvre le coffre.

— Allez, Nounours : en piste !

D'un bond, le molosse saute de son « lit-coffre ». Maintenant hors du véhicule, Céline informe son mari :

— J'ai prévenu la police. Elle ne va pas tarder.

L'arme au poing, Paul court avec Nounours à ses côtés, tandis que Joël peine à les suivre. Ce dernier est bizarrement doté d'une arme pas vraiment au point : d'un escarpin.

— Il faut se dépêcher de les retrouver… C'est cette histoire de gaz qui me chiffonne ! Tiens, la chaussure de Julie. Fais-la vite sentir à Nounours !

— Cinq minutes ! Garde-la, pour le moment. Tu me la donneras quand on sera en bas.

Ayant pris l'échelle qui reposait sur le sol, Joël la place à l'intérieur du puits. Paul descend le premier avec son bon gros chien dans les bras. Puis, après avoir jeté un regard alentour, visiblement surpris qu'il n'y ait personne, Joël rattrape enfin ses amis et remet l'escarpin à son voisin.

— Allez, cherche, Nounours ! Cherche, mon beau ! lance le colosse à son molosse.

Le fidèle Bouvier s'imprègne bien de l'odeur de Julie, puis s'engage dans le tunnel suivi par Paul et Joël. Avant d'arriver à la porte entre-bâillée d'une pièce éclairée, Paul retient Nounours d'un geste. Le chien dressé s'immobilise tandis que son maître le devance, sur le côté, son arme prête à tirer dans la main droite. Soudain, il pose son autre main sur la poignée, puis pousse et ouvre brutalement…

Entrés dans la pièce, ils découvrent le corps d'un homme étendu sur le sol. Ils s'avancent vers lui. La porte claque et le bruit de la serrure signale sa fermeture. Les réflexions de Gaspard, hilare, résonnent de l'autre côté de cette porte.

— C'est trop facile ! Vous êtes encore plus nuls que vos amis.

— Assassins ! Vous les avez gazés ? hurle Paul.

— Mais non ! On les a seulement endormis, comme leur compagnon de cellule qui continue son petit dodo.

— Où sont-ils, alors ? questionne Joël.

— Après tout ce gaz, on avait des remords, tu comprends, ironise Gaspard. Alors on a bien fait fonctionner la ventilation pour assainir la pièce, puis les copains les ont emmenés promener à la montagne, histoire de changer d'air. C'est bête, vous les avez ratés de peu. Ils viennent tout juste de partir.

Paul et Joël perçoivent alors des voix diverses. La première se plaint :

— Aïe ! mon doigt !

La seconde exige :

— Toi, lâche ton arme et grouille-toi d'ouvrir !

Une fois la porte ouverte, les policiers envahissent la pièce. Deux d'entre eux passent les menottes à Gaspard et à son complice. Céline se jette au cou de Joël.

— Oh, mon chéri ! Tu n'as rien ?

— Ça va, Mamour !

— Ces saligauds ont enlevé Julie et Gabriel.

En révélant cela, Paul accuse Gaspard et son complice d'un signe de tête.

– L'une de ces deux ordures nous a dit qu'ils partaient pour la montagne.

Le commissaire Bonamy interroge Gaspard :

— En montagne ? Où ça, en montagne ?

— Je disais ça pour déconner. Je sais pas où ils sont allés et j'en ai rien à carrer.

— C'est ça, prends-moi pour un con !

Puis Bonamy commande à ses hommes :

– Emmenez-moi ces deux gugusses au poste ! On a plein de choses à se dire.

Les policiers obéissent à leur supérieur et embarquent les prisonniers, pendant que Joël s'approche de leur patron.

— Je crois savoir où ils les ont emmenés, Monsieur le Commissaire. Apparemment, ils aiment exécuter leurs basses besognes dans le Verdon.

Perdu dans ses réflexions, Paul demande à Céline :

— Comment ils ont pu se carapater ? T'as pas vu une bagnole sortir du Logis ?

Bien réveillé depuis qu'il a été délivré et pressé de fournir une information importante, Guy coupe la parole à Céline.

— Avant qu'ils me prennent, j'ai pu découvrir une sortie de ce tunnel qui donne sur la propriété voisine. Elle appartient également à ces pourris.

CHAPITRE 17

EN ROUTE POUR LE VERDON

Coiffé d'un raft sur sa galerie, un minibus aux vitres arrière teintées circule sur une route du Haut Verdon. Au volant : le géant blond Boris aux muscles imposants ; à ses côtés : le petit Boule au ventre bedonnant. Un rideau sépare la cabine de pilotage des autres passagers. Ces derniers sont les deux prisonniers (Julie, dormant encore, près de Gabriel, tout juste réveillé) et leurs deux démons gardiens (Francis, le brun trapu, armé comme Greg, le maigre malodorant).

— Ça sent bien mauvais ! grimace Gabriel.

Aux visions conjuguées des dents jaunes du maigrichon, habitées par quelques petits morceaux de petit déjeuner, et de son vieux polo taché où figure le logo de l'Olympique de Marseille – *de l'OM, pour les nombreux intimes* -, le détective comprend la provenance de cette infection.

— Étant toulonnais, je supporte aussi l'OM, mais il n'y a pas que le foot à Marseille. On y fabrique aussi du savon. Vous devriez essayer…

Francis retient son acolyte au poing déjà levé.

— Laisse-le. Il fera moins le mariole tout à l'heure.

Le Marseillais se calme alors et arbore de nouveau son horrible dentition au grand désespoir du captif, détournant la tête pour éviter ce spectacle répugnant.

Et puis le patron a été clair : pas de trace de coups, pense Francis qui se remémore les ordres reçus. *Il faut que ça ait l'air d'un accident. Noyades de promeneurs.* Il imagine… *Elle tombe dans l'eau, lui - tel un héros - tente de la sauver… Mais, n'est pas Superman qui veut ! Fin tragique.*

Et c'est aussi, apparemment, la fin du trajet puisque le véhicule stoppe brutalement. Revenu de son rêve, plaisant pour lui seul, le malfaiteur assiste au réveil de Julie et remarque :

— Ça y est ! Notre belle au bus dormant est ressuscitée.

— Où suis-je ?

L'éveillée jette un regard autour d'elle. Brusquement, elle a froid. L'air frais s'engouffre du dehors par les portières arrière grandes ouvertes. À ses côtés, Gabriel lui sourit d'un air désolé. Boris et Boule se tiennent debout et dehors, invitant les autres à les rejoindre. Francis s'adresse à Julie avant de descendre :

— Au lieu de cent ans, tu as pioncé un peu plus de cent minutes, ma belle. Je suis désolé : j'aurais bien aimé te ranimer avec un baiser, comme le veut l'histoire, mais ça semblait foutre en rogne ton petit copain.

Boris s'impatiente.

— En rroute ! Le paquebot est prrêt pourr la crroisièrre.

— La croisière ? s'étonne Gabriel.

Francis enchaîne :

— Oui, enfin c'est kifkif ! On vous offre une petite descente en rafting sur le Verdon.

Gabriel scrute le ciel :

— Par un aussi beau temps, nous serons sûrement en compagnie de quelques touristes.

— Non, réplique le géant blond. Soyez trranquille ! Le canyon est trrès charrgé d'eau à cause des pluies violentes qui n'ont cessé qu'hierr. Toutes les sorrties prrévues aujourrd'hui ont été annulées.

— Magnez-vous : on s'casse ! ordonne Francis.

Au Logis, Paul, Joël, Céline, Nounours et le commissaire Bonamy, accompagnés par deux policiers, marchent derrière Guy qui, sortant en boitant le premier du tunnel, incite ses compagnons à découvrir les lieux.

— Venez ! Allons devant la maison ! En passant par ce côté, on accède à l'entrée.

Tout ce petit monde se tient maintenant devant le grand garage aux portes ouvertes.

— C'est ici que j'ai vu une espèce de camionnette ou minicar. Elle avait un bateau gonflable sur la galerie, précise Guy.

— Oh, bonne mère ! Ils sont allés les noyer, ces salauds ! s'emporte Paul.

Se tournant vers le colosse, Bonamy lui demande :

— D'après vous, ils vont dans le Verdon ?

— À coup sûr !

— Je préviens immédiatement mon collègue, le commandant de la Gendarmerie de Castellane, pour intervenir au plus vite.

Puis le commissaire interroge Guy :

— Décrivez-moi cette camionnette…

Joël lui coupe la parole.

— Veuillez m'excuser de vous interrompre, monsieur le commissaire, mais je dois partir tout de suite et je ne serai pas long. Puisque vous connaissez bien la romancière, Anna Pristi, si vous pouviez la tenir informée du déroulement de l'enquête, ça nous permettrait d'avoir des nouvelles, vous comprenez…

— Je n'y manquerai pas !

— Merci beaucoup, monsieur le commissaire ! Au revoir !

Et Joël de s'en aller sous les regards ahuris de Céline et de Paul. En compagnie de Nounours, ils le suivent machinalement jusqu'au « Land Rover ». Alors qu'ils ont déjà bouclé leurs ceintures et qu'ils attendent en vain une explication – à l'exception du gros chien noir qui s'en tamponne le coquillard -, Céline l'interpelle.

— Mais qu'est-ce que tu fais, Mamour ?

— Tu sais, chérie, les commissaires, ils n'aiment pas trop qu'on se mêle de leurs affaires… Alors j'ai préféré ne pas lui confier qu'on allait faire un tour dans le Verdon…

— Oh, fan des pieds (*) ! réagit Paul. Je préfère ça ! Allez zou ! En route, toute la troupe !

(*) « fan des pieds » est ici une interjection qui marque la surprise en parler provençal.

CHAPITRE 18

L'EMPOISONNEUSE

Au sein de l'antenne de police judiciaire de Toulon, les auditions de quelques membres du Logis se poursuivent.

Le directeur du centre et principal suspect, Louis Gauffri : disparu. *Est-il mort ? C'est possible.* C'est possible au vu des lettres de menace découvertes dans un tiroir de son bureau. Ces lettres anonymes se terminent toutes par la même phrase : « *comme tu aimes bien sauter les jeunes filles, tu sauteras aussi dans ta voiture ou dans ta maison. Je vais exploser ta sale gueule, mon mignon* ! »

Quelle trahison ? Qui a-t-il encore truandé ? Telles sont les questions parmi tant d'autres que se posent les inspecteurs.

La plupart des personnes interrogées ne sont malheureusement que des sous-fifres ignorants ou des paumés escroqués. Ils font plutôt peine à voir, ces croyants qui ne savent plus qui croire. Il y a une femme, en particulier, âgée d'une cinquantaine d'années, que le choc des révélations sur le Logis a rendue muette. Grâce à sa carte d'identité, des recherches ont été effectuées sur son passé. Résultat : elle avait été internée en mille neuf cent soixante-quatorze…

Adolescente, elle habitait chez ses parents, à l'époque, dans l'ancien village des Salles-sur-Verdon. Elle fut spectatrice de l'engloutissement, sous les eaux du lac artificiel de Sainte-Croix, de son ancien cadre de vie, de sa chère maison… Elle a mis des années à s'en remettre. Et voilà qu'elle replonge à cause de cette escroquerie.

— C'est révoltant ! commente Edmond, écoeuré, en écoutant le commissaire. Et les principaux suspects, vous n'en avez pas interpellé ?

— Oui, mais pas beaucoup. Nous soupçonnons tout de même quelques personnes et surtout l'une d'entre elles. Une certaine Colette Lavoisier. Elle a la réputation d'être une sorcière et ne s'en cache pas. Elle porte ostensiblement son collier Arbre de Vie et Triple Lune pour affirmer son appartenance à l'univers de la sorcellerie. Nous la suspectons de complicité dans cette arnaque, mais nous n'avons aucune preuve. Elle affirme qu'elle agissait en tant qu'employée, qu'elle enseignait l'astrologie. Point final. Dans son atelier, nous avons dégoté quelques fioles dont certaines contenaient de l'arsenic ou de la ciguë.

— … Mon chef me les avait commandées pour se débarrasser de quelques animaux nuisibles qui envahissaient son terrain et qui résistaient à toutes sortes de poisons vendus dans le commerce, prétendait-elle.

— Pour l'impressionner, l'un de mes meilleurs inspecteurs lui avait fait prêter serment. Il l'avait pressée de questions, avait orienté l'entretien pour la piéger. Rien. Il avait tenté de décoder son langage non verbal : voix, mouvements du corps, regard. Rien. Puis, il l'avait prévenue sur la lourde peine qu'elle pourrait encourir… En fin de compte : toujours rien. Aucune réaction répréhensible.

Au sujet du meurtre de la journaliste, madame Jeanne Blanchard, dite Papillon, elle était partie bien sûr avant la fin de la soirée de présentation du Logis et ne l'avait jamais rencontrée.

Au sujet des lettres de menaces de mort à l'encontre de son patron, elle était bien sûr dans l'ignorance. *Pas au courant*.

N'ayant aucun élément à charge contre cette empoisonneuse, nous avons décidé d'écourter l'interrogatoire en défendant à cette personne – comme le permet la procédure – de s'éloigner du lieu de l'infraction jusqu'à la clôture des opérations.

— Je suis obligée de camper au Logis ? Je n'ai pas le droit de rentrer chez moi ? avait-elle répliqué sur un air faussement inquiet, imitant grossièrement une midinette écervelée.

— Ne vous faites pas plus bête que vous n'êtes ! Vous m'avez parfaitement compris. Bien sûr que vous pouvez retourner à votre domicile, mais

vous ne devez pas quitter les environs, avait fermement conclu mon enquêteur.

Enfin, un adepte nous ayant appris qu'elle est la maîtresse de Louis Gauffri, nous avons mis ses téléphones sur écoute et deux inspecteurs se relaient
pour la suivre. Elle nous mènera peut-être jusqu'à lui.

CHAPITRE 19

LA POURSUITE INFERNALE

Bien que le grand ciel bleu et le vent léger se doivent logiquement d'annoncer une journée paisible, la rivière émeraude du Verdon se déchaîne. Des orages récents et répétés ayant gonflé son débit, la superbe capricieuse s'amuse avec le seul raft présent sur sa surface. Les six marins d'eau (pas très) douce s'agrippent comme ils le peuvent, surpris par cette vitesse qu'ils ne maîtrisent plus.

Seule marinette à bord, Julie se focalise sur Gabriel. Elle se souvient de ses conseils, donnés ce matin même dans la villa du détective, avant le départ pour le Logis.

— ... D'après Guy, c'est une opération sans risque, mais on ne sait jamais. Dans le cas où nous serions faits prisonniers, n'oublie pas de me regarder de temps en temps. Si une occasion de s'évader se présente, je te le ferai comprendre. Alors il faut que tu restes sur tes gardes...

Observant également sa partenaire, Gabriel pense. *C'est bien, Julie ! Tu as bien suivi mes directives. Fixe ton regard dans ma direction : nous allons bientôt plonger.*

L'embarcation dévale de plus en plus rapidement le Verdon et s'apprête à tourner. Juste avant ce virage, Gabriel se précipite sur Julie. Ils tombent à l'eau, sous les yeux médusés des malfaiteurs bringuebalés sur leur bateau ivre qui s'éloigne aussitôt. Hors de portée de leurs ravisseurs grâce au détective qui, connaissant les lieux, savait où s'accrocher d'une main, l'autre main retenant Julie, les deux rescapés réussissent à regagner la berge.

Les fugitifs se réfugient alors dans une grotte. Trempés de la tête aux pieds, ils se serrent l'un contre l'autre pour se réchauffer. Gabriel s'exprime.

— On va se planquer ici un moment : le temps de leur laisser croire que nous ne sommes plus dans le coin.

— Tu penses qu'ils ne peuvent pas nous retrouver ici ?

— J'ai effacé nos traces au fur et à mesure que nous nous approchions de notre cachette et, comme tu l'as vu, l'entrée de cette petite grotte invisible au premier abord n'est pas facile d'accès. Peu de gens la connaissent.

— Faisons le moins de bruit possible. Nous devrions même nous taire.

— Non. Aucun danger que l'on puisse nous entendre du dehors.

— Alors, puisqu'on peut bavarder… Il faut que je t'avoue…

— Quoi ?

— À propos de la bague que tu m'as prêtée…

— Oui, mais je te l'ai seulement prêtée.

— Je sais, mais… voilà : ton attitude m'a choquée. Tu as gardé précieusement cette bague qui te rappelle Angélina, la femme que tu n'as jamais cessé d'aimer, et tu me la confies, comme ça…

— Oui. Moi aussi, j'ai été choqué… Après coup, en y réfléchissant, j'ai été choqué par ma légèreté. Alors, au début, je me suis convaincu que c'était pour l'enquête, que j'avais voulu qu'indirectement Angélina se joigne à moi, pour faire encore équipe ensemble, comme autrefois… Puis j'ai tenté de m'endurcir pour t'éloigner… Peine perdue. Je me suis rendu compte qu'il ne s'agissait que d'un prétexte… Je m'en sens honteux, mais peut-être que je suis passé à autre chose ?

Les yeux dans les yeux, Julie lui murmure :

— … Ou, peut-être aussi, à quelqu'un d'autre ?

— … Sûrement à quelqu'un d'autre, acquiesce tendrement Gabriel.

Sur la route, le Land Rover de Paul roule à vive allure. Du côté passager, Céline parle dans son appareil préféré.

— … Oui, Anna. Nous sommes en route pour le Verdon, nous devrions arriver dans moins d'une heure… Ah ! Je voulais vous demander : Joël aimerait savoir si le commissaire vous a contacté et s'il y a du nouveau…

Dans le salon de sa villa, soutenue par Michel, Anna répond à Céline.

— … Edmond est parti. Je l'ai envoyé à ma place au commissariat…

Pendant ce temps-là, au bord du chemin qui mène à la rivière, Francis et Boris discutent devant le minibus pendant que leurs complices finissent d'attacher le bateau mouillé sur la galerie.

— … Ils ont dû s'en sorrtirr : on n'a rrien trrouvé de notrre côté, dit Boris.

— Nous non plus ! Bon, ça y est ? Il est fixé, ce raft ? s'énerve Francis.

Le géant blond gronde les traînards.

— Boule ! Grreg ! Dépêchez-vous, il faut qu'on cause !

Greg braille de sa bouche fétide :

— C'est fini, chef, on s'amène !

Devant le véhicule, les quatre malfaiteurs sont enfin réunis. Boris s'adresse à Francis.

— Toi qui connais bien la rrégion, qu'est-ce que tu nous conseilles ?

— Je pense que si le beau gosse s'est jeté sur sa copine et qu'il s'est démerdé pour sortir de l'eau malgré la force des courants, c'est qu'il doit connaître le Verdon au moins aussi bien que moi. Ma main à couper qu'il s'est enquillé sur le sentier Martel. C'est là qu'on va les coincer.

— Tu crrois ?

— J'en suis pratiquement certain.

— Oui, mais ce sentier, ils vont le descendre ou le monter ? questionne Boule.

Francis le félicite.

— Bravo, Boule ! Très bonne question, pour une fois ! Et c'est pourquoi on va faire deux équipes. La première montera le sentier d'un côté, et la deuxième le descendra de l'autre côté. Comme ça, ils pourront pas nous échapper.

— D'accorrd ! approuve Boris.

Francis prend les affaires en main.

— Toi, Boris, tu gardes le minibus et Boule avec toi. Tu nous déposes, Greg et moi, un peu plus bas, puis tu vas te garer en haut, sur le parking du Point Sublime.

— Ça marrche ! Allons-y !

À ce signal, le colosse blond donne le départ en démarrant…

À quelques centaines de mètres de là, Julie et Gabriel avancent sur le sentier.

— Je commence à fatiguer, se plaint-elle.

— On va faire une pause, là-haut !

Une fois parvenus à ce petit sommet, les fugitifs s'arrêtent. Du rocher où elle est assise, Julie admire le paysage.

— Que c'est beau !

— C'est magnifique ! Et tu n'as encore rien vu… Mais, si j'ai décidé finalement de partir plus tôt que prévu de notre planque et de faire une halte ici, ce n'est pas seulement pour ne pas attraper la crève *- même si on se gelait gravement dans cet endroit frais avec nos fringues gorgées d'eau -*, c'est surtout pour épier l'ennemi de loin. Je me suis souvenu de ce coin parfait. Regarde ! S'ils se sont mis à notre poursuite, il y a de grandes chances pour qu'ils viennent par là.

En disant cela, Gabriel montre une zone du doigt.

— Voici mon plan. Toi, tu t'embusques, tranquille, et tout en te reposant tu observes, puis tu m'avertis si quelqu'un se pointe. Moi, en attendant, je cherche une branche cassée pour m'en faire un bâton.

— OK, Chef ! Je serai vigilante.

— … Et discrète !

— Bien sûr.

Gabriel contemple le visage de Julie, auréolé des reflets du soleil éclairant ses cheveux d'or.

— … Et belle ! conclut Gabriel.

Après avoir prononcé ces deux mots, il s'approche de la jolie blonde et l'entoure de ses bras. Leurs lèvres s'unissent et ils s'embrassent alors langoureusement… Puis elle se blottit tout contre lui. Soudain, du perchoir où les tourtereaux sont enlacés, Julie repère Greg, tout en bas. L'oiseau de mauvais augure et de mauvaise haleine monte seul dans leur direction. Comme elle se tapit, Gabriel en fait de même. Puis, elle chuchote :

— Gabriel, Gabriel !

— Quoi ?

— Ça y est ! J'en vois un !

Il s'allonge alors à côté d'elle.

— Où ça ?

— Là !

Elle braque son index vers l'importun que Gabriel découvre enfin. Le détective en chef reprend ses fonctions et dirige sa partenaire.

— Bon. On fait comme prévu. À première vue, il n'a pas d'arme à la main, mais il porte sûrement un flingue sur lui. Il vaut mieux se méfier. Mets-toi à bonne distance pour qu'il puisse te reconnaître, tout en étant suffisamment loin de lui pour qu'il cherche à s'approcher avant de te canarder avec son revolver.

— Ne t'inquiète pas ! Je serai ta meilleure chèvre, mon bon Monsieur Seguin.

— Désolé de t'imposer ce rôle, mais c'est le moyen idéal pour attirer son attention.

— Pas de problème ! Et assez de paroles : passons à l'action !

Ils partagent des regards languissants, hésitent un peu… Puis ils se séparent vite après un rapide baiser.

Quelques minutes plus tard, Greg aperçoit de loin la fugitive qui grimpe sur un rocher. Bien que fatigué, il accélère la cadence. *Ouais ! Qui c'est le meilleur ? Ça vaudra bien une petite prime !* se réjouit le bandit dans ses pensées. Tout à coup, Gabriel surgit d'un buisson et l'assomme à l'aide de son nouveau gourdin.

CHAPITRE 20

UN MEURTRIER DÉMASQUÉ

Sur le sentier Blanc-Martel, Gabriel devance Julie et s'approche du bord d'un escalier vertigineux. Alors que le détective se tourne vers sa compagne d'enquête – *et peut-être plus que ça… à son grand étonnement, lui qui n'était pourtant pas en quête de compagne* -, il s'immobilise subitement, demeurant bouche bée. Derrière la belle blonde, un brun trapu la menace de son revolver.

— Fais gaffe ! Un geste brusque et je la dégomme.

— Quoi ? rétorque Gabriel, je n'ai pas bougé.

— Ouais, mais je me méfie encore plus de toi depuis que t'as sauté du raft. T'es rapide quand tu veux. Alors, comme on dit : « un gonze averti en vaut deux ».

— Sur le raft, tu n'avais pas ton calibre à la main. Je ne suis pas fou. Écoute, on va se calmer et discuter tranquillement.

— J'suis pas là pour causer… Mais, comme on est en bonne compagnie, je vais quand même te raconter un souvenir qui m'avait bien fait kiffer. Toi, tu me connais pas, mais moi, finalement je t'ai reconnu. L'année dernière, le grand chef m'avait chargé de surveiller une emmerdeuse et sa copine qui lui mettaient des bâtons dans les roues… Et cette fameuse copine m'avait tapé dans l'œil. Une bombasse de première classe ! J'avais commencé à la draguer quand elle s'était radinée pour nous fliquer, mais je m'étais pris un râteau. Et puis, sur les ordres du boss, je la matais de temps en temps, de loin. Une fois, j'ai visité en douce son appart en location. Trop faciles à ouvrir, ces serrures ! Sur sa table de nuit, elle avait un petit cadre avec la photo d'un gars, sûrement du mec qui la maquait, et cette gueule, c'était la tienne. Je savais que je t'avais déjà vu, mais c'est seulement quand je t'ai revu ici, avec ta nouvelle bombe, que ça m'est revenu. Ce que je tenais surtout à te dire c'est qu'un jour, quand elle a fini son escalade en haut de la Falaise d'Escalès, je l'attendais. Elle restait scotchée devant le paysage. Même si elle transpirait, moi ça me gênait pas. J'étais prêt à lui faire que du bien, mais elle m'a encore repoussé. Alors, j'ai perdu patience. Il paraît qu'elle est tombée… Mais, en vérité, je l'ai un peu aidée.

Le visage du détective s'empourpre de colère.

— Salaud ! C'est toi qui l'as tuée !

Alors que le détective esquisse un geste, le malfaiteur le met en garde :

— Hep ! On ne bronche pas, OK ! On va se barrer d'ici. D'abord, on va repartir lentement. On est attendus.

Fixant Gabriel du regard, Julie l'avertit d'un signe discret qu'elle s'apprête à intervenir. Il comprend. Elle frappe d'un atémi la main armée de Francis et se range sur un côté. Grâce à ce coup surprenant, le revolver chute dans le vide ce qui permet à Gabriel de bondir sur le tueur. La lutte commence... L'issue du combat est indécise. Bien que fatigué, Francis parvient d'une droite bien placée à mettre au sol son adversaire. Gabriel paraît touché, mais se relève après une roulade qui l'écarte un peu de son agresseur afin de reprendre son souffle. Face à son ennemi, il le provoque.

— Tu vois ? J'ai le vide derrière... Mais moi, je me mets en face de toi. Je ne suis pas la pauvre victime que tu as poussée, comme un lâche que tu es ! Alors, maintenant, viens te battre, si t'es un homme !

— Bon voyage, mon mignon ! réplique le brun trapu en fonçant sur le détective.

L'attrapant par les bras, Gabriel oblige le corps de son assaillant à exécuter un demi-tour, tel un danseur dirigeant sa cavalière. Francis a donc soudain le précipice dans le dos et ses pieds voisinent dangereusement avec le bord de l'abîme. Il prend peur et s'avance. C'est ce que recherchait le valseur pour le faire venir à lui. Gabriel passe alors de la valse au judo en se couchant sur le dos. Puis il place son pied droit sur le ventre du malfaiteur pour le projeter en tendant sa jambe, tout en lâchant son projectile. L'oiseau de malheur s'envole au-dessus de Gabriel, les yeux écarquillés vers la roche où il s'écrase. C'est sur le grand craquement de la rencontre entre une tête brune et un rocher gris clair que se terminent à la fois la bagarre et la vie d'un meurtrier.

CHAPITRE 21

NOUNOURS

Du côté de Rougon, Boris et Boule descendent le sentier comme convenu. Tout à coup, le géant blond cesse de marcher. Son compagnon l'imite jusqu'à l'observation ; le premier pointant ses yeux vers un endroit précis, le second ne sachant visiblement où regarder.

— Je crrrois voirrr quelque chose, mais… passe-moi les jumelles !

Boule cherche désespérément dans son sac…

— C'est pas toi qui les as ?

— Mais non, imbécile ! Tu les as encorrre oubliées surrr le siège.

— Bon, ben, tant pis !

– Quoi : « tant pis » ? Je t'en foutrrrais, des « tant pis » ! Va les cherrrcher ! Et plus vite que ça !

— D'accord, d'accord ! C'est pas la peine de gueuler !

Tout en bougonnant, Boule rebrousse chemin.

À l'auberge du Point Sublime, Céline sympathise avec la patronne de l'établissement.

— ... Ils partent à leur recherche ; et Joël, mon époux, me préviendra s'il faut appeler les gendarmes. On nous a conseillé d'utiliser des talkies-walkies longue portée, au cas où l'on ne pourrait pas se servir des téléphones portables. Il y a des endroits, en montagne, où l'on ne capte pas.

— De là où ils sont actuellement, il aurait pu vous joindre avec son portable, mais vous avez raison : deux précautions valent mieux qu'une… Je vais vous installer dans une chambre, en haut. Vous serez plus à l'aise.

— Merci. Vous êtes bien aimable.

— Mon mari et moi, nous connaissons bien Gabriel. C'est un gentil garçon. Alors, dès que vous aurez des nouvelles…

— Promis : je vous en donnerai.

À peine a-t-elle fini sa phrase que le talkie-walkie s'anime.

— Tenez, justement : c'est Joël, dit Céline.

Elle porte l'appareil à son oreille.

Paul sort de son Land Rover, stationné sur le parking du Point Sublime. Joël libère Nounours de sa cou- chette et tous trois se préparent pour la suite, pour la poursuite de leur recherche. Le colosse tend une chaussure de Julie sous le museau de Nounours.

— Cherche, mon beau, cherche !

Obéissant à son maître, le molosse se dirige immé- diatement vers un véhicule, garé à quelques dizaines de mètres de là. Pendant que ses amis inspectent ra- pidement le minibus, Joël contacte Céline de son tal- kie-walkie.

— Allô, Mamour ? On a retrouvé le bus grâce à Nounours. Pas la peine d'attendre plus longtemps : tu peux prévenir tout de suite la gendarmerie… Oui. Appelle aussi Anna et le commissaire, s'il te plaît ! T'inquiète pas, ma chérie, on sera prudents… Oui, moi aussi, je t'aime.

Alors qu'il arrive presque au parking, Boule tombe brusquement nez à nez avec Paul et Joël, ainsi que nez à truffe avec Nounours. Il tente de dégainer son pistolet, mais Paul ordonne à son chien :

— Chope !

Alors le molosse, d'un bond, neutralise aisément le malfaiteur. Le grognement de cette impressionnante bête noire terrorise tout de suite Boule.

— Tu as la frousse, hein ? Pourriture ! constate Paul. Tu vas me montrer où sont nos amis ou Nounours va t'enlever les amygdales sans anesthésie !

— Un conseil, mon ami : parlez ! Parlez, si vous ne voulez pas devenir muet.

L'expression de peur interprétée par Joël est si convaincante que Boule, tout tremblant, bredouille :

— Je balancerai tout, mais, par pitié, retenez ce monstre !

CHAPITRE 22

LE NAIN HORRIBLE

Chez les Pristi, Michel entre dans le salon où Anna semble en proie à l'anxiété.

— Que se passe-t-il, Anna ? Qu'est-ce qui vous inquiète ?

— Je viens de m'entretenir avec le commissaire Bonamy. Edmond s'est bien rendu jusqu'à son bureau. Mon époux l'a bien assuré qu'il retournerait directement à la maison après leur entrevue, et il n'est toujours pas arrivé. Ce n'est pas normal !

— Essayez de le joindre sur son portable !

— J'ai essayé plusieurs fois, j'ai laissé des messages…

— Cette tragédie vous a bouleversée… Mais deux heures : ce n'est rien ! Patientons encore un peu et nous ne tarderons pas à avoir de ses nouvelles.

— Vous êtes gentil.

— Tiens, à propos de nouvelles, en avez-vous de l'enquête ?

— Oui. Le commissaire m'a informé que, grâce aux documents dénichés dans la maison voisine du Logis, ils ont trouvé pas mal de renseignements. Ils ont interrogé les fidèles du Logis, dont un personnage particulièrement étonnant.

Assis derrière son bureau, Bonamy est en pleine conversation téléphonique.

— … N'ayez aucune crainte, chère Anna ! C'est vrai qu'il m'a confié son envie de revenir très vite vers vous pour vous tenir au courant des seules informations que j'avais le droit de lui donner, mais peut-être a-t-il eu une course urgente… Moins de deux heures : ce n'est rien… Oui. Contactez-moi, si vous voulez… Tenez, en attendant son arrivée, je vais vous raconter l'un de nos interrogatoires. Nous avons fait la connaissance d'un drôle de client…

Dans une salle du commissariat, le commissaire Bonamy et l'un de ses hommes, l'inspecteur Merlin, entourent un nain très laid paraissant très intelligent et cultivé.

— … D'après vos papiers, qui sont faux, votre nom serait Hugues Bagaris ? questionne Bonamy.

— Quelle importance ?

— Réponds à la question ! s'énerve Merlin.

Cette agression verbale n'a aucun effet sur l'étrange petit personnage.

— Eh bien, quand on m'appelle Hugues ou Bagaris : je dis « présent » !

— On a affaire à un petit malin ! gronde l'inspecteur.

— C'est par rapport à ma taille que vous me traitez de « petit malin » ?

Le commissaire s'emporte.

— Oh, ça va ! Assez perdu de temps ! Vous prétendez que votre Grand Maître, Louis Gauffri, voulait abandonner la secte…

— Le Logis, vous voulez dire ?

Merlin s'échauffe de nouveau.

— N'interromps pas le commissaire !

Tout en faisant un geste de la main pour calmer son homme, le chef reprend la parole.

— … Il avait donc prévu de tout laisser tomber parce qu'il aurait enfin mis la main sur un trésor.

— Exactement. Le trésor des templiers que l'on croyait enfoui sous le château de Valcros.

— … Et qu'il aurait finalement découvert… Où ça ?

— Ailleurs qu'au château de Valcros.

L'inspecteur, ne pouvant se contenir :

— Dis, tu vas nous balader encore longtemps ?

— À propos de balade, il ne me servirait à rien de vous indiquer ce lieu par l'intermédiaire de mots : son accès est difficile et le mécanisme d'ouverture de la porte est compliqué. Cependant, si vous vouliez m'emmener, je pourrais vous guider jusqu'à cette porte que j'ouvrirais pour vous. Une fois que vous serez entrés, l'existence du plus grand lac souterrain du monde vous sera révélée.

— Vous êtes un beau parleur, remarque Bonamy, incrédule.

— … Et un assez bon poète. Je n'ai pas le génie de Baudelaire, mon auteur préféré, mais je manie toutefois la plume avec un certain talent, paraît-il !

— On s'en balance, de tes vers ! fulmine Merlin. Ce qui compte, pour nous, c'est ta parole !

— Ma parole : je n'en ai qu'une et je vous la donne. Je vous ai dit que je vous guiderai, je vous guiderai.

Maintenant plus détendu, confortablement posé sur le fauteuil de son bureau, le commissaire continue à converser avec Anna.

— … Figurez-vous que cet horrible petit bonhomme, cet Hugues Bagaris, nous a bien conduits jusque dans une colline du Verdon, près du petit village appelé « Le Bourguet ».

Le chef de Police décrit si bien la scène à Anna qu'elle s'y projette presque. Elle imagine alors l'horrible nain intelligent menant un cortège de policiers.

— Nous ne sommes plus très loin. Nous devrions faire une petite halte.

Bonamy ordonne :

— Stop ! Repos pour tout le monde : on fait une pause.

— Eh bien, bonne pause et… adieu ! salue l'étrange petit personnage…

Sa courte histoire terminée, le commissaire conclut :

— … Et, sur ces mots, ce diable de nain s'est volatilisé derrière un buisson. Nous nous sommes tout de suite lancés sur ses traces. Nous avons cherché, fouillé partout. J'ai fait venir des renforts, des chiens… Rien à faire. Disparu avec adresse sans en laisser une… d'adresse.

CHAPITRE 23

COMBAT SUPER-LOURD

Sur le sentier, Julie et Gabriel sortent du premier tunnel. Elle marque un temps d'arrêt, émerveillée par la beauté de ce décor naturel. Il l'appelle :

— Tu viens ?

— Attends ! Décompressons cinq minutes pour contempler ces couleurs ! Ces rochers multicolores, cette eau turquoise : c'est le Paradis !

— Et tu es mon Ève !

Julie, troublée, se rapproche à pas lents de Gabriel.

— Je suis… Quoi ?

Il n'a pas le temps de répondre. Elle pose ses lèvres sur les siennes. Un long baiser est échangé dans cet autre jardin d'Éden où, lors d'un instant de répit, ils partagent un moment de bonheur.

Quelques minutes plus tard, dans le long tunnel, sous deux lumières remuantes au rythme de leurs marches apparaissent les visages de Gabriel tout d'abord, puis de Julie qui remarque :

— Je n'ai jamais traversé à pied un tuyau aussi long.

— Heureusement qu'ils ont eu l'idée géniale de nous laisser nos casques spéléo.

— C'est sûr que, sans lumière, ça ne doit pas être commode... En tout cas, avec ou sans lampe, j'en connais une qui ne viendra jamais ici.

— Qui ça ?

— Tante Céline. Elle ne pourrait même pas y entrer. Elle ne supporte pas...

Elle interrompt sa phrase au moment où elle entrevoit une ombre imposante qui se dessine là-bas... devant la sortie... La belle blonde laisse éclater sa joie.

— Ah ! Mon Paulo ! Mon grand frère !

Sur ces mots, elle double Gabriel et s'empresse de rejoindre cette forme noire, tout en orientant sa lampe vers le sol pour éviter de s'y affaler. Ayant franchi la frontière séparant la nuit intérieure de l'extérieur ensoleillé, Julie se rend compte de sa méprise, se fige et crie :

– Aaaaah ! Attention, Gabriel ! Ce n'est pas Paul !

– Eh, non, ma belle ! Surrprrise ! Moi, c'est Borris qui vous attendait !

Surgissant à son tour, Gabriel se dépêche de se placer entre elle et le grand blond.

– Si tu touches seulement à l'un de ses cheveux, je te le ferai regretter.

Le géant éclate de rire.

– Ah, ah ! Et qu'est-ce que tu comptes fairre, grringalet ? Tu fais pas le poids et, en plus, tu m'as l'airr tellement épuisé que je prrendrrai tes coups de poing comme des carresses.

Une voix puissante retentit.

– Je vais t'en donner, moi, des caresses, blondinet !

En se retournant vers le nouveau venu, Boris se trouve en face de Paul.

– Attaque-toi à quelqu'un de ta catégorie et t'auras de quoi faire ton caïd, ma grosse !

– Tu crrois me fairre peurr ?

– Peur, non ! Je vais plutôt te faire mal.

Et la bagarre s'engage entre les deux colosses. Bien que Boris soit légèrement plus grand et plus imposant que Paul, l'ancien pilier de rugby se montre plus fort et meilleur combattant. Il terrasse le géant au moment où Nounours, les gendarmes et Joël accourent.

Le commandant de gendarmerie, à Julie :

— Tout va bien, Mademoiselle ?

— Oui, merci !

— Ils étaient quatre, précise Gabriel.

— On a déjà embarqué celui qu'ils surnomment « Boule ». Maintenant, on a le grand blond… Vous pouvez nous dire où sont les deux autres ?

— J'en ai assommé un sur le sentier, un peu plus bas. Et, quant au dernier, on s'est battu et je l'ai projeté contre un rocher. Il est mort.

— C'était de la légitime défense ! ajoute Julie.

— Je vous crois. Ne vous inquiétez pas, Mademoiselle ! Rien d'autre à déclarer ?

— Non. Ah, oui ! Celui qui a attaqué Gabriel était armé. Il faut retrouver son revolver…

Le commandant, au détective :

— Il vaudrait mieux aller les chercher tout de suite : l'arme et le quatrième mousquetaire. Pour le décédé, je fais interdire la zone et je le signale pour que l'on puisse l'évacuer rapidement. Vous vous sentez capable de leur montrer le chemin ?

— Oui. Ça va !

Encadré par trois gendarmes équipés de lampes, Gabriel retourne dans le tunnel.

CHAPITRE 24

LE TRÉSOR DES TEMPLIERS

Quelque part au sein de Sainte-Anne, dans cette colline boisée de hêtres et de pins bordant le village « Le Bourguet », un cortège de policiers suit le nain Hugues Bagaris.

— Nous ne sommes plus très loin. Nous devrions faire une petite halte, propose Hugues.

Le commissaire ordonne :

— Stop ! Repos pour tout le monde : on fait une pause.

— Eh bien, bonne pause et… adieu ! salue l'étrange petit personnage…

… Et, sur ces mots, le diable de nain se volatilise derrière un buisson.

Quelques minutes avant cette évasion, les époux Rossetti, Joël et Céline, avaient pris la procession en filature. Connaissant les lieux, ils cheminaient en silence sur un sentier parallèle surplombant celui de ces chevilles processionnaires.

Le hasard et la chance s'accordant pour les éternels amoureux, ils sont les seuls à pouvoir talonner le fugitif empruntant un passage visible de leur cachette, cachette toute proche des broussailles dissimulant l'endroit secret. Comme par magie – *le fuyard ayant certainement prononcé le sésame ouvrant chaque porte* – ils franchissent les trois entrées juste avant qu'elles ne se ferment. Pour atteindre les deux dernières, ils descendent durant un quart d'heure dans d'étroites galeries. À leur arrivée, un instant accroupis pour échapper au regard du nain s'étant retourné machinalement, ils se dressent au départ tranquille de l'énigmatique Hugues Bagaris, embarquant à présent sur une barque posée sur les eaux calmes d'un immense lac souterrain. Sans rame ni moteur, sans la moindre vague, l'embarcation vogue - *on ne sait comment* - et s'éloigne du couple à la fois ravi et stupéfait par cette découverte. En tête à tête, apparemment sans âme qui vive aux alentours, Céline se décide à murmurer.

— C'est quoi ce lac gigantesque, cette lumière comme en plein jour, ce bateau qui avance tout seul ?

— Je n'en sais rien.

— Ça m'étonne ! Toi, le féru d'Histoire et de légendes, tu n'aurais pas une petite idée ?

— À mon idée, on devrait visiter cette grande ouverture lumineuse.

Joël montre du doigt l'entrée, située à sa gauche, où Céline se dirige en répliquant :

— Qu'est-ce que tu me fais, là ? L'interprétation d'un homme politique ? Tu ne réponds pas à ma question.

Alors qu'il s'apprête à satisfaire la curiosité de son épouse, stoppé sur le seuil de la grotte, Joël devient soudain aphone. Il ne sait plus où poser ses yeux devant le spectacle visuel éblouissant qui s'expose devant les visiteurs. L'ayant rejoint, Céline subit le même sort.

Au bout d'un certain laps de temps, que ni l'un ni l'autre ne pourrait quantifier, ils s'aventurent à pas lents dans cette caverne semblable à celle d'Ali Baba.

Au-dessus des coffres débordant d'argent, de bijoux et de pierreries, des peintures murales ornent les murs de cet antre-entrepôt. Joël se transforme en guide pour sa bien-aimée. Au fur et à mesure de ses explications, il joint le geste à la parole pour désigner les dessins qu'il peut commenter.

— Regarde. Tout en haut, sous la croix représentant Dieu, la devise des Templiers : « Non nobis, Domine, non nobis, sed nomini tu da gloriam » ou, si tu préfères : « Non pour nous, Seigneur, mais pour la gloire de ton nom ».

— Oui, je préfère.

— J'en étais sûr. Puisque tu insistais pour un petit cours d'Histoire, en voici un : lors de la dernière année de son règne, Charles II d'Anjou persécuta et abolit l'Ordre des Chevaliers du Temple, suivant l'ordre du roi de France, autorisé par le pape. Tu vois, là, les sept chevaliers qui pointent leur épée vers le bas dans la même direction, ce sont les sept templiers de Toulon qui réussirent à fuir au moment des arrestations. Ils étaient partis dans le haut Var et personne ne les a jamais revus. Sur le procès-verbal de saisie des biens de ces seigneurs, que l'on savait richissimes, il n'y avait presque rien, à part une grande quantité de tonneaux. C'est la raison pour laquelle, encore aujourd'hui, on dit d'un ivrogne qu'il boit comme un Templier.

— Et ce trésor qui s'était envolé, c'est probablement celui que nous contemplons… Et ce que montrent les chevaliers de leur épée, c'est ce machin en fer !

Joël s'approche solennellement dudit machin.

— Oh mon Dieu !... J'ai lu quelque chose à propos d'un objet soupçonné d'avoir été ramené d'une croisade : le fer sacré qui avait ouvert le côté de Jésus Christ.

Des applaudissements retentissent alors, sortant le duo de sa stupéfaction. Après un demi-tour leur permettant de faire face à leur public, les comédiens amateurs ébahis se surprennent mutuellement par leur attitude commune – *due à leur habitude de théâtreux* : ils saluent leur public.

Entre eux et la sortie se dressent des hommes sans armures ni épées, vêtus principalement en jean, quelques-uns brandissant un pistolet. Devant ces individus menaçants, Hugues Bagaris se tient à droite de Louis Gauffri, le directeur du Logis, qui complimente Joël.

— Bravo, cher ami ! Quelle culture ! Quel dommage que nous ne puissions converser plus longuement sur le sujet. Il est l'heure d'une baignade dans le lac. N'ayez crainte, vous ne prendrez pas froid : mes hommes vous auront refroidis avant de vous jeter à l'eau, vous et votre chérie…

— Chérie, chérie, chérie !

Le mot enfle dans les oreilles de Céline dont le corps bouge par saccades. Elle se réveille aussitôt.

— Chérie, répète Joël qui cesse de la secouer, arrête de crier ! Ce n'est qu'un cauchemar… Ou un rêve prémonitoire, si tu veux.

Non, cette fois-ci, il s'agissait bien d'un cauchemar alors que Céline, trop épuisée, s'était endormie en écoutant son homme disserter sur les Templiers. Ses souvenirs des informations données par Anna s'étaient mêlés aux paroles de Joël. Finalement, pas plus de poursuite de nain horrible que de découverte de trésor. *Tant pis pour le trésor, tant mieux pour la baignade*, pense la rêveuse.

Non. Personne n'avait débusqué Hugues Bagaris *(dont le nom est étrangement apparenté à celui de Hugues de Baggary, premier Maître de l'Ordre du Temple, selon un historien de Castellane, dixit Joël)*.

CHAPITRE 25

LA DISPARITION D'EDMOND

Dans le salon des Pristi, Anna et Michel attendent… La romancière s'impatiente. Elle fixe d'un œil accusateur son téléphone qui persiste à se taire. Assise à son bureau, elle consulte sa messagerie sur l'ordinateur. Michel la questionne du regard : elle répond « non » d'un hochement de tête. Pas de nouvelles. L'inquiétude grandit.

Moins d'une heure plus tard, toute l'équipe d'enquêteurs se reforme autour d'Anna, soutenue également par le commissaire Bonamy. Le visage humide de pleurs, la romancière peine à s'exprimer.

Elle ne comprend pas.

Edmond a quitté le commissariat à 9h00, il est plus de 14h00… et toujours rien. Il s'absente rarement pour le déjeuner et, quand il est obligé de partager un repas d'affaires imprévu à l'extérieur à la dernière minute, il la prévient. Elle a téléphoné aux hôpitaux : rien, quant à sa voiture : introuvable…

— Si quelqu'un l'a enlevé pour demander une rançon, il aurait déjà dû se manifester, vous ne croyez pas ? lance Anna à la cantonade.

— Désolé, dit Bonamy. Votre époux m'avait affirmé qu'après notre entrevue, il devait revenir immédiatement ici. Je n'en sais pas plus.

— En recoupant les informations que chacun a recueillies, enchaîne Gabriel, on aura peut-être une chance de démasquer le coupable et, s'il a un lien avec la disparition de votre mari, de retrouver également Edmond.

Pour le détective, le coupable est en fait le commanditaire de l'assassinat de Papillon. D'après les analyses balistiques, on sait que la balle qui a tué Jeanne Blanchard provenait de l'arme de Francis, l'un des hommes de main du Logis mort dans le Verdon, qui devrait selon toute vraisemblance être le meurtrier. Mais, sur les ordres de qui ? Si le Grand Maître figure en première place parmi les suspects, « ne négliger aucune piste » demeure la devise de Gabriel.

Intervenant le premier, Joël rappelle au commissaire ses confidences à propos d'Hugues Bagaris, qui avait cité Baudelaire comme étant son poète préféré. Or, Louis Gauffri, le soi-disant Grand Maître, n'avait même pas reconnu la suite du poème de Charles Baudelaire, alors que les deux premiers vers de cette poésie étaient inscrits en grandes lettres, sur « son » mur, derrière « son » propre bureau. Et si ce bureau n'appartenait pas à Louis Gauffri… Mais plutôt à Hugues Bagaris ?

Paul fait entendre sa douce voix de stentor.

— Oh, coquin de sort ! Alors le nain horrible serait le Big Boss ?

— Et pourquoi pas ? ajoute Joël. Nous savons cet Hugues Bagaris très intelligent. Il a pu mettre en avant Louis Gauffri, pour son abattage et son physique avantageux, et pour orienter les soupçons sur un autre que lui, au cas où…

Gabriel interpelle le commissaire.

— Il vous a donc faussé compagnie dans une colline du Bourguet. Vous pouvez préciser ?

— Oui, bien sûr ! Allons dans mon bureau ! Je vous dévoilerai même le plan que nous avons réalisé pour nos recherches.

— Si vous me procuriez une copie de ce plan, poursuit le détective. Je connais bien la région. Je pourrais y faire un tour avec mes amis.

— C'est comme vous voulez !

Après en avoir sollicité, en insistant, l'autorisation à la maîtresse de maison, Céline s'est engagée à prendre en charge le service.

— Si vous voulez boire ou manger quelque chose, Joël se fera un plaisir de vous servir à ma place. Il me seconde pendant mon absence qui ne durera que quelques minutes. Ma Julie est toute pâlotte, je vais lui faire prendre un peu l'air.

— Faites donc un tour sur la plage, suggère Anna.

— Je préfère un lieu plus calme. Il y a bien trop de monde.

— Non, pas chez nous. Quand vous sortirez sur la grande terrasse, vous prendrez les escaliers, à droite, et vous marcherez tout de suite sur notre plage privée.

CHAPITRE 26

CONVERSATION ET PLAGE PRIVÉES

Abritée du vent, une anse d'un peu plus de cinquante mètres de long accueille ses deux seules touristes du jour. La mini-plage en forme d'arc offre son choix sur l'étendue sèche : le côté ensoleillé ou l'autre, celle à l'ombre d'un grand pin penché. Bras dessus bras dessous, Céline et Julie foulent le sable avec lenteur tout en discutant. Elles apprécient leurs allers-retours incessants, sans se fixer sur l'une ou l'autre des parties, claire ou sombre.

— … Oui, dit la jeune fille, c'est un endroit magnifique, mais je devine que nous ne sommes pas venues ici que pour respirer le bon air marin, ou pour déclamer « L'homme et la mer » de Charles Baudelaire.

— Oh, non ! Le comédien, c'est Joël. Moi, je ne joue que pour lui faire plaisir, de temps en temps.

— Alors ?

— Alors je suis la sœur de ta mère ? Le même sang coule dans nos veines et je m'intéresse tout naturellement à toi. Bon, d'accord, je suis aussi curieuse, un tantinet – *un tantinet, c'est normal pour une tante* -. Enfin, bref, j'ai remarqué que tu ne portes plus la bague que Gabriel t'a prêtée...

— Justement ! Comme il me l'a prêtée, je la lui ai rendue.

— Et pourtant, j'ai l'impression qu'il se passe quelque chose entre vous. Je me trompe ?

— Ça n'a rien à voir. Il garde ce bijou en souvenir de la femme qu'il aimait, qui a disparu tragiquement, et je trouve ça tout à fait respectable.

— Maligne ! Tu imites ton tonton. Tu changes de conversation quand ça t'arrange.

— Tout va bien, ma tata ! Je préfère attendre un peu pour t'en apprendre davantage, mais tu sauras tout : je te le promets.

— Te fatigue pas, va ! J'ai pas besoin de discours. Ce que ta bouche tait, tes yeux le crient.

— Ah, bon ? Et qu'est-ce qu'ils ont, mes yeux ?

— Ils brillent tellement que, quand tu me regardes, je me sens bronzer.

Julie éclate de rire.

— Que tu es bête !

— Un peu de respect pour ta vieille tante, s'il te plaît !

— Pas si vieille que ça ! J'envie ta vitalité. Et puis, toi et tonton Jo, vous m'avez l'air d'être de drôles de petits coquins.

— Tu verras, ma chérie, l'amour : ça conserve !

Elles rient à nouveau… Puis, elles remontent l'escalier…

CHAPITRE 27

MICHEL ET SON OLIVIER

Leur mini-promenade terminée, la tante et sa nièce retournent dans le salon des Pristi. Profitant d'un moment silencieux, Céline s'exprime.

— Je viens de recevoir un rappel automatique sur mon portable. J'avais oublié mon rendez-vous avec la thérapeute. Qui tiendra compagnie à Anna ?

Michel prend enfin la parole, mais pour une très courte intervention.

— Moi !

— Très bien ! poursuit Céline. Vous savez, Anna, je suis née dans une famille de paysans et, chez nous, on ressent les choses. J'ai le sentiment qu'elles vont s'arranger. Courage !

— Merci encore pour votre soutien.

Avant de quitter les lieux, chacun salue à sa façon la romancière chaleureusement et Michel accessoirement.

Après quelques hésitations, le rouquin maigrichon amorce un dialogue avec la grande blonde.

— Anna… Je choisis sûrement mal mon moment, mais… Je souhaiterais vous poser une question.

— Je vous écoute, Michel ! De toute façon, puisque nous sommes contraints à l'attente, autant discuter. Le temps passera plus vite et moins désagréablement.

— Eh bien, voilà ! J'aimerais savoir si Jeanne vous avait parlé de moi ?

— Oui. Je me le suis déjà demandé depuis que j'ai fait votre connaissance, et je me suis souvenue d'une conversation au cours de laquelle elle s'était plainte à propos d'un casse-pieds qui la soûlait avec ses oliviers.

— Ah, ça : c'est moi ! Je suis membre des « Amis de l'Olivier ». Un « casse-pieds » ? Vous n'essayez pas de me ménager ? Elle n'a pas employé un terme plus dur ?

— Non, je vous assure. C'est exactement ainsi qu'elle vous a qualifié. Tenez ! Pour tenter de nous changer un peu les idées, vous seriez bien aimable de continuer à me faire la conversation. À propos d'olivier, par exemple ! Comment vous est venue cette passion ?

— J'aime tant la nature que je suis devenu jardinier paysagiste, mais cet arbre m'a toujours fasciné. La légende prétend que l'olivier est immortel. On dit aussi qu'il faut « un aïeul pour le planter, un père pour le tailler, une descendance pour le récolter ».

À chaque fois qu'il aborde son sujet favori, son « olivier », Michel se métamorphose instantanément en moulin à paroles. Trop enthousiaste, il ne s'aperçoit pas que sa spectatrice, captivée par le début de son exposé, a maintenant décroché et porte toute son attention sur l'horloge marquant « 16 h 10 ». Le flot de mots sortant de la bouche de son interlocuteur n'a plus aucun sens à ce moment-là pour la romancière, les yeux toujours rivés sur l'heure passée à « 16 h 45 ». Michel se rend compte enfin qu'Anna ne l'écoute plus. Résigné, il comprend cette attitude dans son état actuel. Il feint d'avoir besoin d'aller aux WC pour clore son discours avec élégance, puis sort de la pièce. Brusquement, Anna change de comportement. Toujours assise devant son ordinateur, elle clique sur sa souris et, à la lecture mentale du texte visionné sur son écran, son visage se transfigure. Son attente triste se transforme en une action pleine d'espoir. À l'instant même où Michel regagne sa place, Anna appuie une dernière fois son index sur la souris. Elle se lève.

— À mon tour de vous fausser compagnie. Pas pour me rendre aux toilettes, mais pour aller chercher mon courrier dans la boîte aux lettres. J'en ai pour une seconde !

La métamorphose de la romancière déconcerte Michel qui la regarde s'éclipser. Il est si étonné que sa tête aurait pu, à l'instant, se coiffer d'un gros point d'interrogation en guise de chapeau.

Ça y est ! La romancière a récupéré quelques enveloppes, dont celle qui l'intéresse : la verte. En prenant d'abord soin de placer son contenu vers le bas, elle se dépêche ensuite d'en déchirer la partie haute… *C'est bien le plan. Parfait* ! pense-t-elle. Une fois l'emballage coloré et son papier secret pliés puis dissimulés dans sa poche, elle rentre dans la maison et réintègre son fauteuil.

— Des nouvelles d'Edmond ? questionne Michel.

Anna manipule alors les trois enveloppes qu'elle avait mises sous la plus importante et auxquelles elle n'avait pas prêté attention. Elle se sépare de la facture EDF et de la publicité pour s'attarder rapidement sur la correspondance privée qui lui est adressée.

— Peut-être !

Elle parcourt les quelques lignes visuellement avant de finir sa réponse, essayant de se contenir, et voici le texte qu'elle découvre :

« Madame,

Je vous envoie cette mise en garde de manière ano-nyme, car j'ai trop peur pour ma vie. Cependant, je me devais de vous avertir.

Méfiez-vous ! Louis Gauffri n'est qu'un pantin. Celui qui tire les ficelles paraît bien gentil et inoffensif : c'est sa couverture. Il se cache derrière l'apparence d'une personne faible, mais c'est un être diabolique. Comme Madame Blanchard a refusé ses avances, il s'est vengé. Je ne l'ai jamais rencontré. Je sais seu-lement son prénom, Michel, et qu'il se fait passer pour un jardinier paysagiste.

Signé : quelqu'un qui vous veut du bien. »

— Rien de grave ? s'inquiète Michel.

— Non, mon cher, cependant je suis désolée : je dois vous quitter pour un petit quart d'heure…

Pourquoi me dévisage-t-il ainsi ce possible assassin, cogite la romancière apeurée, mais se tenant sur ses gardes. Elle attrape sa béquille.

— … Je souffre encore de ma cheville quand je marche trop, alors je m'aide un peu de ma troisième jambe, de temps en temps, depuis ma chute.

Si je n'avais aucun doute sur sa culpabilité, je lui fracasserais bien le crâne d'un bon coup de canne anglaise. On réglera tout ça plus tard. Pour l'instant, je vais me contenter de filer à l'anglaise, mais s'il s'avise de m'approcher… pense Anna.

— Vous devez partir ?

— Oui. Avec toutes ces contrariétés, ça fait deux jours que j'avais négligé de prendre mon courrier et je reçois cette lettre de ma nièce. Je lui avais proposé de lui fournir une petite valise et elle en a besoin immédiatement. Je la lui porte et je reviens tout de suite. Vous avez mon numéro de portable. N'hésitez pas à m'appeler s'il y a du nouveau. À tout à l'heure !

Alors qu'il s'apprête à lui répondre, Anna est déjà montée à l'étage. Michel l'entend courir et préparer ses affaires, puis la surprend en train de traverser vivement les quelques mètres séparant le bas de l'escalier de la porte d'entrée, une valise à la main, la béquille sous le bras. Elle disparaît.

Quelle guérison miraculeuse ! estime Michel dans ses pensées. Il reste seul et dubitatif devant le numéro que la romancière vient de lui jouer. Reprenant ses esprits, il jette un œil sur le bureau, fouille dans la corbeille à papiers… Puis il se poste devant ce magicien d'ordinateur d'où la romancière a été transfigurée. Il survole les messages. Rien. Tout en réfléchissant, son regard se pose sur la corbeille à papiers. Une idée lui vient. Il examine à nouveau la messagerie d'Anna et en ouvre la « corbeille ». Un sourire se dessine aussitôt sur ses lèvres : il a trouvé ce qu'il cherchait. La romancière a bien voulu faire disparaître son dernier message, mais elle a oublié de vider sa corbeille. Michel prend connaissance alors de ce dernier mail, au titre énigmatique : « EDMOND VOUS ATTEND... ».

CHAPITRE 28

MERLIN ET LA SORCIÈRE

Merci, mon ami Bonamy ! grommelle intérieurement l'inspecteur Merlin sans quitter du regard la Fiat 500 stationnée de Colette Lavoisier, dite « la sorcière ».

Depuis que le commissaire les a chargés, lui et celui qui le relaie, de prendre en filature la maîtresse du Grand Maître du Logis - pour le cas où celle-ci irait rejoindre son amant permettant ainsi son arrestation -, l'inspecteur se fait chambrer à tout va par ses collègues du commissariat. Les moqueries résonnent de toutes parts tels des sons moches de quelques cloches dans sa caboche :

« — le combat de Merlin l'enchanteur contre madame Mim, la sorcière ! Ma scène de dessin animé préférée !

— Quand elle se transformera en dragon, n'oublie pas de te changer en microbe ! »

Très drôle, ironise en silence le guetteur, planqué à quelques mètres de la voiture italienne, si petite qu'il se demande s'il pourrait y rentrer dedans avec son mètre quatre-vingt-douze et ces cent vingt kilos.

Garée à une cinquantaine de mètres du portail de la villa des Pristi, Colette Lavoisier attend. Elle attend le feu vert que lui donnera Louis Gauffri, par communication téléphonique, pour poster deux enveloppes dans la boîte aux lettres de la romancière. En patientant, elle médite tantôt en se rappelant, tantôt en se projetant.

Elle se rappelle son parcours de « sorcière ». Ce fut lucratif et agréable quelquefois, cependant elle laissera ses voyances et ses potions sans regret. Elle jubile en saluant l'arnaque du Logis réalisée avec brio par le Grand Maître de son cœur : tous les dons des adeptes sont sur un compte offshore, contrairement aux croyances de ces imbéciles. Ils pensent tous avoir contribué à l'achat du futur Logis et aux grands travaux indispensables pour la vie en autarcie de ce village merveilleux. En fait, les documents qui leur ont été fournis ne sont que des faux papiers : faux titres de propriété, fausses factures, etc. Elle s'étonne de cet amour auquel elle ne croyait pas. Aujourd'hui la voilà bien amoureuse d'un homme qu'elle admirait seulement au départ et qui n'était qu'un partenaire sexuel de plus. À présent, elle vénère ce génie avec qui elle s'enfuira bientôt pour se construire une retraite précoce et heureuse dans un autre pays. Leur richesse est constituée d'une part grâce aux dons des adeptes du Logis et d'autre part grâce à la rançon que paieront les Pristi pour la libération de Monsieur. Monsieur qui a eu la gentillesse de nous offrir sans le vouloir, grâce à son téléphone portable et à l'installation des caméras de surveillance de sa villa, le contrôle visuel de tout ce qui se passe dans les pièces et même à l'extérieur de la maison.

La sonnerie de son téléphone interrompt ses pensées.

— … Oui, Chef ! hurle Merlin. Ça vient de se produire sous mes yeux.

Que s'était-il produit pour mettre l'inspecteur dans cet état ?

Une fois le courrier glissé dans la boîte aux lettres, Colette Lavoisier était repartie dans son véhicule – discrètement suivie par le policier - et avait roulé jusqu'au fond d'un parking presque vide où un 4x4 s'était isolé. Personne à bord. Une fois sortie de sa minuscule Fiat, elle s'était mise au volant de l'imposant Toyota. En tournant la clé de contact, elle croyait démarrer… Au lieu de cela, elle avait explosé.

— Parle moins fort, s'il te plaît ! Je ne suis pas sourd, réplique le commissaire Bonamy. Je te parie que le 4x4 appartenait à Louis Gauffri. On lui avait promis une belle explosion dans des lettres de menaces.

CHAPITRE 29

L'INTERPRÉTATION DES MESSAGES

À l'intérieur d'un cimetière, caché par une stèle imposante située près de la sortie, au début de la première
allée, Michel observe Anna de loin. Persuadée de ne
pas avoir été suivie, celle-ci ne se doute pas que
quelqu'un l'espionne. Elle cherche quelque chose sur
une tombe. *Parfait !* se dit-elle en retirant un sachet.
Juste avant qu'elle quitte les lieux en contournant
deux sépultures pour reprendre l'allée principale, l'es-
pion marche rapidement pour sortir de ce dortoir ultime. Puis il court pour quitter au plus vite l'aire de
stationnement et s'installer à bord de sa vieille fourgonnette. Sa Kangoo verte garée à l'abri des regards,
près du parking où la romancière rejoint son véhicule.
Il l'épie grâce à ses jumelles. Pendant qu'elle téléphone, il se remémore le mail découvert sur le PC,
dans la poubelle de la messagerie :

« … Si vous voulez le revoir vivant, venez seule et ne
prévenez personne. Vous mettrez dans une valise
tous vos bijoux et tout l'argent contenu dans le coffre
de votre villa. D'après votre époux, le total de ces
biens représente une somme très confortable. Ne me
décevez pas : vous le condamneriez à mort. Rendez-
vous au cimetière. Sur le caveau familial des Pristi,

dans un pot placé derrière la plaque funéraire « Maman… », vous trouverez un sac plastique duquel vous retirerez un portable et un bout de feuille. Je ne répondrai à votre appel que lorsque vous composerez ce numéro sur ce téléphone et uniquement sur celui-ci. Je vous donnerai alors la suite des consignes… ».

Dans sa villa toulonnaise, Céline s'interroge à la lecture de ses messages. Le premier est signé Anna :

« … J'ai reçu une lettre anonyme qui dénonce Michel comme étant le coupable du meurtre de Jeanne et le chef de l'organisation. Je ne sais que croire. J'ai des doutes. Méfiez-vous tout de même… ».

Quant au second mail, ce serait bizarrement Michel – l'accusé lui-même – qui le lui a transféré. Il s'agit des premières consignes écrites données à Anna par le ravisseur d'Edmond. De plus, le paysagiste ajoute qu'il suit actuellement la romancière et qu'il les informera dès que possible…

Tandis que Nounours s'est vautré tout contre son maître, toute l'équipe d'enquêteurs écoute Céline.

— … À mon avis, cette dénonciation est une fausse piste pour éloigner Anna de Michel. En plus, il la file actuellement et nous avertira dès qu'il le pourra.

— Heureusement qu'on n'est pas parti tout de suite pour le Verdon, fait remarquer Gabriel.

— Et, comme dans mon rêve, c'est Michel qui suit le diable...

– Bon, Céline, c'est bien beau tes rêves, abrège Paul, mais faudrait un peu redescendre sur terre ! Qu'est-ce qu'on fait, maintenant ?

En directeur d'enquête, Gabriel analyse la situation. Pour l'instant, personne ne sait où se rendent Anna et Michel. Il ne reste plus qu'à attendre un coup de fil du poursuivant, en espérant que celui-ci ne soit pas repéré par la fuyarde. Avec sa voiture puissante, elle aurait vite fait de semer le fourgon très âgé et trop reconnaissable du paysagiste.

— Dis, Mamour ? Dans ton rêve, Michel porte bien un bonnet d'âne et des ailes d'ange ? demande Joël.

— Oui, et alors ?

Il marque la surprise devant l'incompréhension de son épouse.

— Alors tu ne te souviens pas de la légende que je t'ai racontée sur le pays où les ânes volent ?

La lumière jaillit soudain dans le cerveau de Céline :

— Gonfaron !

— Tout juste ! En route pour Gonfaron !

— Allez-y ! Moi, j'attends des nouvelles de Michel et je vous renseignerai, dès qu'il m'aura contactée, sur l'endroit précis où il se trouve, conclut la rêveuse prémonitoire.

CHAPITRE 30

ATTERRISSAGE À GONFARON

Dans sa robe bleu électrique, La BMW i5 d'Anna défile en silence, faisant son entrée en scène en franchissant un portail grand ouvert, puis avançant majestueusement sur un chemin bordé d'arbres jusqu'à sa destination. Une maison de campagne gonfaronnaise isolée dont elle s'approche de plus en plus lentement. Elle freine et stoppe. La romancière descend de voiture et se dirige vers l'arrière du véhicule, *probablement pour prendre sa valise dans le coffre*. Soudain, elle s'arrête, pétrifiée à la vue d'un bateau posé sur sa remorque.

Ce bateau… Elle l'a reconnu. *C'est bien « Les deux frères »*, constate la romancière. *La goélette de Roland que l'on n'a jamais retrouvée et que l'on supposait disparue en mer avec son propriétaire. Alors, lui aussi, serait encore de ce monde ?*

Toute tremblante, elle regarde à l'avant de l'embarcation, sur la poupe : le nom et le numéro d'immatriculation ont été enlevés. C'est signé, elle en est sûre. Le beau-frère maléfique est de retour.

Trop perturbée sur le moment, elle est obnubilée par son urgence : sauver Edmond. *Pourquoi n'alerte-t-elle pas ses amis enquêteurs ? Elle n'y songe même pas.* Son bagage à la main, elle se trouve à présent devant la porte d'entrée. Elle frappe à plusieurs reprises… N'ayant obtenu aucune réponse, elle tourne doucement la poignée… puis entre. Elle disparaît alors derrière la porte qui claque brusquement, suivi du bruit d'un verrouillage automatique.

Après quelques minutes bercées par le doux chant des premières cigales de la saison, le ronronnement pénible d'une voiture vient gâcher l'ambiance musicale. La vieille Kangoo de Michel, au vert non électrique et au moteur bien sonore, se place à côté de la luxueuse auto de la romancière. La fourgonnette stationne enfin, se tait… et le calme revient. Toujours à l'intérieur de son véhicule, le rouquin téléphone.

Dans sa cuisine, Céline parle dans son portable.

— … Tu as bien noté l'adresse… Ah ! Tu vas guider Paul avec le GPS de ton smartphone… Dépêchez-vous, Michel a l'air très inquiet… Oui, ne m'en veux pas, Mamour, je suis tellement exténuée que je dis n'importe quoi… J'ai déjà prévenu le commissaire… D'accord ! Moi, je vais m'assoupir un peu, mais appelle-moi dès que tu as des nouvelles… Bisous d'amour.

Une demi-heure plus tard, dans sa chambre, Céline est allongée sur son lit. Son portable se repose également sur sa couchette personnelle : la table de nuit. Endormie peu de temps après s'être couchée, elle assiste déjà à la fin de son extrait de rêve, aussi court qu'un flash publicitaire :

« … Par un jour sombre, surnaturel, avant de sauter une dernière fois, alors qu'il se trouvait sur le Capeu Gros, le diable se retourna. Du haut de cette montagne, il ricana et pourtant ses lèvres ne bougeaient pas. Il avait la figure au sourire figé de Louis Gauffri, mais il ne s'agissait en fait que d'un masque qu'il retira. Soudain, la tête se divisa. Deux visages surgirent, mais cette vision instantanée demeura trop floue… ».

Se réveillant en sursaut, elle se souvient de quelques mots de sa voyante : « … Des jumeaux, un voilier, une demeure entourée d'oliviers… ». Bien que tout cela manque de précisions, il faut qu'elle confie son ressenti à son époux.

Dans le Land Rover de Paul roulant à toute allure, assis côté passager, Joël répond au second appel de son épouse.

— … Désolé, mon cœur, mais je suis obligé de te quitter : nous sommes presque arrivés… C'est ça : je te rappelle… Je t'aime.

CHAPITRE 31

LE PIÈGE

Paniquée par un vacarme bref, mais surprenant, provenant des fermetures automatiques simultanées de chaque serrure, Anna se précipite sur la porte d'entrée, essaie en vain de l'ouvrir... Elle cherche une solution pour s'évader : rien. *Des barreaux aux fenêtres... Où suis-je tombée ?* s'inquiète-t-elle. Elle tente de forcer la seule autre issue, la porte intérieure : fermée elle aussi. Terrorisée, elle se retourne vers le coin bureau et se rend compte qu'elle n'est pas seule dans la pièce. Devant le secrétaire collé contre le mur : un fauteuil tourné ; et, dans ce fauteuil : quelqu'un... affalé... qui somnole... probablement. La romancière s'adresse à la personne :

— J'ai fait ce que vous m'avez demandé... Voici la valise... Où est mon mari ?

Pas de réaction.

— Vous entendez ce que je dis ? Réveillez-vous !

Toujours aucune réponse.

Anna se rapproche prudemment... et découvre avec horreur le Grand Maître, Louis Gauffri... mort.

Elle pousse un cri.

Horrifiée par ce spectacle macabre, la grande blonde recule. Bloquée dans sa fuite en arrière par un meuble, elle se déplace ensuite pour prendre ses distances d'avec le cadavre. Tout à coup, un magnéto-phone se met en marche…

— Ma chère belle-soeur ! La voix que tu écoutes, c'est bien la mienne : celle de Roland Pristi, ton maudit beau-frère. Ce n'est pas la peine de me répondre, ce n'est qu'un enregistrement. Tu ne dois rien y comprendre. Tu dois te dire : « – ce n'est pas vrai ? ». Et pourtant : si, c'est vrai ! C'est vraiment moi qui suis derrière toute cette histoire. Tu dois te demander « pourquoi » ; et ce pourquoi : je vais te l'expliquer…

Des yeux d'Anna, tristes et interrogatifs, coulent des larmes. Se sentant impuissante, elle est incapable de prononcer un mot et sa figure se décompose au fil du récit du meurtrier.

– … Je te déteste, Madame la plus grande reine du roman policier, moi que tu considères assurément comme le plus grand minable des poètes incompris… Je ne supporte plus cette injustice qui me pourrit la vie. Alors, pour te prouver que je suis aussi capable que toi d'imaginer un excellent polar, et pour en finir avec cette souffrance, j'en ai réalisé un vrai. Mon œuvre non écrite pourrait avoir pour titre : « LE

CRIME PARFAIT D'ANNA PRISTI » ; car toute cette mise en scène : mon faux suicide, la secte du Logis, le meurtre de Papillon. Toute cette mise en scène n'existait que pour brouiller les pistes, pour t'attirer dans mon piège et, en commettant ton meurtre, devenir ton égal. Tu étais donc mon seul but à atteindre et tu seras ma seule confidente puisque tu ne témoigneras pas. J'ai fait placer une bombe puissante dans cette maison, ainsi que de nombreux bidons d'essence… Même ma chère goélette va disparaître. Aucune trace. Ne cherche pas à me voir. Je me suis barricadé au premier étage… Le corps de Louis Gauffri explosera et brûlera en même temps que le tien et celui de mon traître de frère. Ainsi tout le monde croira que le Grand Maître du Logis est le seul grand responsable de tous ces crimes… Tu vois, j'ai pensé à tout. Avant de crever, Edmond m'a supplié. Il désirait se sacrifier en échange de ta vie. Je l'ai trouvé tellement touchant que j'ai dit… non. Cependant, je vais tout de même te faire une fleur. Tu vois, je ne suis pas si méchant que ça ! Dix minutes avant l'explosion, un gaz spécial sera projeté dans la pièce, afin que tu puisses t'endormir sagement. Ce sera rapide… Puis ce sera la fin… En attendant ce point final, je vais te dévoiler quelques-uns de mes petits secrets…

CHAPITRE 32

LES PETITS SECRETS

Anna demeure en état de choc pendant que la voix de Roland continue son exposé composé de plusieurs histoires.

… Pendant un bref instant, il avait vraiment eu l'intention de se suicider, mais avait très vite changé d'avis. *Ce serait trop facile, la garce aurait tout gagné*. Alors, quelques heures avant sa croisière supposée fatale, il avait contacté un chef mafieux de ses connaissances, rencontré lors de soirées privées de poker. Ce parrain avait mis tout de suite à sa disposition un compte offshore sous une fausse identité lui permettant de placer la plus grosse partie de sa fortune *- le service rendu n'étant pas gratuit : il avait été obligé de graisser généreusement la patte de son dangereux ami -* ainsi qu'une planque en Sicile pour se faire oublier quelque temps. Après une opération de chirurgie esthétique et une prothèse capillaire, il s'était fait greffer la moustache et le bouc. Tout cela en blanc. Des vêtements en jean complétaient sa panoplie et le faisaient ressembler à Buffalo Bill, d'où ce surnom de Bill sous lequel il avait choisi de se présenter lors de sa première rencontre avec Louis Gauffri…

… Pour le meurtre de Papillon, il n'avait eu qu'à payer l'addition, le Grand Maître étant également motivé pour se venger de Jeanne Blanchard. Moyennant finance, Francis avait fait le sale boulot : une balle en plein cœur. Aidé par Boris, il avait ensuite scrupuleusement suivi les ordres : jeter le corps au même endroit où était tombé celui d'Angélina.

— … Pour le nain horrible, j'avais chargé Louis de le rechercher en simulant un casting de film. Bien sûr, le Grand Maître était mon seul contact, et tout son entourage était persuadé qu'il dirigeait tout. Lorsque j'ai visionné les vidéos, je ne pensais pas trouver tout de suite le personnage idéal… Et pourtant, ce fut le cas. Cet Hugues Bagaris - nom dont il s'était baptisé spontanément, car il ne possédait aucun papier - était déjà tel que je me le représentais. Il m'a permis de créer une fausse piste, mais je me demande encore s'il ne s'agit pas d'une véritable créature venue d'ailleurs. Il a disparu sans réclamer son salaire et personne ne l'a jamais revu…

Au sujet des fausses pistes, le conteur avoue s'être bien amusé. Surtout avec celle de la lettre anonyme accusant Michel.

Alors que la voix de Roland poursuit son récit, la romancière imagine bien la scène entre son vil beau-frère et Louis Gauffri. Ce dernier examinait le contenu d'une mallette.

— Tout est là, précise Roland. Les billets d'avion, dont celui pour le centre d'esthétique. Vous en ressortirez tout neuf. Voici vos nouveaux papiers : nouveau permis de conduire, nouveau passeport… Tous ces documents bien sûr sous votre nouveau nom. Il ne manquera plus que les photographies de votre futur visage. Elles seront réalisées au centre…

Louis ouvre une pochette.

— Ah ! La pochette-surprise, enchaîne Roland. Elle contient tout ce que vous avez amplement mérité : votre gros compte en banque, l'acte de votre magnifique propriété au Venezuela, les certificats de vos deux voitures qui vous attendent dans votre garage…

— C'est impressionnant ! J'ai du mal à y croire !

— Vous le savez : je suis immensément riche, mais ma vie est devenue insupportable. Nous voyagerons donc ensemble jusqu'au centre de chirurgie esthétique ; mais, une fois là-bas, il ne faudra plus jamais se revoir. J'ai payé grassement le directeur de ce centre pour qu'il garde notre secret. De plus, il ne connaîtra ni nos nouveaux noms ni nos nouvelles adresses…

— C'est génial ! Vous êtes un génie !

— Non. Il suffit de se poser les bonnes questions, puis de suivre le plan en fonction des réponses trouvées... Et, à propos de plan, revenons à nos moutons. Vous agirez comme convenu pour attirer mon illustre belle-sœur dans notre piège. Une fois notre prisonnière enfermée dans cette pièce, nous descendrons à la cave pour traverser le tunnel nous reliant à la villa voisine. Là, nous nous déguiserons, puis partirons dans le véhicule aux vitres teintées que nous rendrons tout de suite au magasin de location de voitures situé près de l'aéroport. Une heure après notre départ, le cadavre de mon traître de frère, que j'ai laissé là-haut dans une chambre, et la grande Anna Pristi s'enverront en l'air une dernière fois. Et pendant que nous nous apprêterons à nous envoler en avion, la baraque volera en éclats. Un énorme incendie devrait parfaire la destruction avec tous les bidons d'essence que j'ai répartis au rez-de-chaussée...

Anna explore la salle, cherchant les fameux bidons, sans perdre le moindre mot de la suite des petits secrets de son ravisseur.

— ... Bien sûr, après le coup de fil, il a voulu fêter ça. C'était son péché mignon : « fêter ça ». J'étais certain qu'il le proposerait. Alors, j'avais préparé une bouteille spéciale pour lui. Dès le début de notre association, j'ai prévenu que, depuis des années, je ne buvais plus d'alcool. Je trinquais donc avec lui, mon verre de jus de fruits à la main. Il a quand même eu droit à une mort digne du grand Socrate : un empoisonnement à la ciguë. Comme il ne fallait pas de témoins, j'ai éliminé aussi sa maîtresse, la Co-lette Lavoisier. Le plus drôle dans cette affaire, c'est que chacun des amants participa, sans le savoir, à l'assassinat de son partenaire. C'est Colette qui a con-cocté le poison qui a tué Louis, et c'est Louis qui a fabriqué la bombe que j'avais placée sous la voiture qui mit Colette en miettes.

Bien sûr, même si j'ai fourni les fonds servant à l'achat de cette maison de campagne gonfaronnaise, le propriétaire des lieux est Louis Gauffri, qu'une lettre anonyme avait menacé de faire sauter soit dans son automobile, soit dans son domicile. Mission dou-blement accomplie.

Voilà ! Le mot « FIN » terminant bientôt mon roman policier - non rédigé et dont tu seras à jamais l'unique auditrice -, il est temps de nous quitter. Permets-moi de prendre congé sous ma nouvelle identité, celle de Victor AMURI. Bonne et très longue nuit, très chère !

CHAPITRE 33

LA GRANDE RÉVÉLATION

Anéantie par ce qu'elle a deviné, la romancière se raisonne tout de même, sans doute par instinct de survie, avant d'entamer une discussion avec Edmond…

… Car - elle en est convaincue - sous la voix mal imitée de Roland se cache celle de son époux.

À son numéro de médiocre imitateur s'ajoutent les incohérences de son discours.

Tous les comptes bancaires de Roland vidés : *j'en aurais été informée lors de sa disparition*. Les péripéties liées à la mafia, la fuite en Sicile – *il me joue Al Pacino dans Le Parrain ou quoi ?*

Et puis surtout les nouveaux nom et prénom choisis : Victor AMURI ; « AMURI » étant l'anagramme de « RAIMU », qui interpréta le personnage de Victor, dans le film intitulé « L'Étrange Monsieur Victor ». Un brave commerçant apprécié de tous qui était en fait un meurtrier. Or, le fan de Raimu, c'est Edmond et non Roland.

Anna décide alors de faire tomber le masque par un mensonge.

— J'ai vu la goélette en arrivant : bravo ! Elle ressemble à s'y méprendre à celle de ton frère.

Décontenancé par cette affirmation, l'homme réagit.

— Qu'est-ce que tu racontes ? Tu délires, chère belle-sœur !

— La police va débarquer d'un moment à l'autre. Pendant le trajet pour venir ici, en utilisant le téléphone de la voiture, j'ai prévenu le commissaire Bonamy. Il en a profité pour m'apprendre qu'on venait de retrouver l'épave du bateau de Roland ainsi que des os qui seront analysés. Tu vois : ton meurtre est loin d'être parfait. Et puis, sois un homme. Sois franc. Ne m'appelle plus « belle-sœur » puisque tu es mon mari… Edmond !

Le stratagème a fonctionné.

Edmond avoue. Il a effectivement acheté une réplique de la goélette de Roland, repeinte aux couleurs du bateau véritablement disparu. Il regrette sa vie heureuse du temps où il était entouré par les deux êtres qu'il aimait plus que tout : Anna et Roland. Cependant, Roland s'est donné la mort. Dans la lettre qu'Edmond avait reçue et qu'il est le seul à connaître, son jumeau accuse Anna de tous les maux. Le temps passant, l'absence de son double devenant invivable, à force de relire les mots de son frère et de voir sourire son épouse libérée de son beau-frère, l'amour s'est transformé en haine. Edmond décida de venger Roland tout en se suicidant, n'ayant plus goût à la vie. Œil pour œil, dent pour dent. Tu as pris mon frère : je prends ta meilleure amie. Tu le narguais, toi : la grande romancière, lui : le poète minable. Je réaliserai donc ton meurtre parfait mieux que tous tes romans...

Des bruits de moteurs suspendent soudain le déballage venimeux du conteur. Anna appelle.

— Au secours ! Au secours !

De sa fenêtre, Edmond assiste au débarquement de ses ennemis. Il déboule dans les escaliers, tourne la clé ouvrant la porte sur Anna. *Non ! Tu dois mourir : tu mourras*, se dit-il, bien décidé à finir le travail, même s'il faut le bâcler. Il se rue sur son épouse pour l'étrangler. La romancière brandit le taser qu'elle vient de sortir de sa poche. Trahie par sa maladresse habituelle, Anna laisse tomber son arme salvatrice tout d'abord, puis réussit miraculeusement à la rattraper avant que celle-ci n'atteigne le sol. Elle parvient à toucher Edmond, pas suffisamment pour le paralyser d'une décharge électrique, mais assez pour le faire reculer. Elle braque ensuite la lampe led éblouissante de son instrument de défense vers l'agresseur agressé qui repart, puis s'enfuit derrière la porte intérieure qu'il verrouille. Elle l'entend courir jusqu'au premier étage.

CHAPITRE 34

L'ARRIVÉE DES ENQUÊTEURS

La 308 CC de Gabriel et le Land Rover de Paul pénètrent dans le repaire du Grand Maître. Toute l'équipe a donc rejoint Michel qui, dépité, leur présente la solide porte d'entrée et les barreaux des fenêtres.

— C'est une véritable forteresse, se plaint le rouquin. Comment faire ?

Joël s'adresse à Paul :

— Tu as toujours ta barre à tracter dans le coffre ?

— Oui, je l'ai gardée ! C'est bon ! On va lui refaire la façade, peuchère, et mieux qu'un chirurgien esthétique !

De l'intérieur de la maison, un bruit bizarre se fait entendre. *Comme une fuite de gaz.* Ayant reconnu des voix amies, Anna se met à crier :

— Dépêchez-vous ! Tout va sauter !

Gabriel vérifie son « bricolage ». Il a relié les barreaux d'une fenêtre à la barre à tracter attachée à l'arrière du Land Rover. Ensuite, il fait signe à Paul, installé au volant de son véhicule. Le 4x4 démarre brusquement.

Du premier coup, le choc emporte tout, dont la partie basse du mur. L'ancienne fenêtre s'est presque transformée en l'entrée d'une petite grotte. Gabriel se précipite dans le trou et en ressort, portant Anna dans ses bras. À cause de l'effet rapide du gaz, la romancière commence à s'endormir. Avant de perdre connaissance, elle arrive cependant à prononcer quelques mots.

— Il y a une bombe. Elle explosera dans moins de dix minutes. Edmond est au premier étage.

— Julie, occupe-toi d'Anna, s'il te plaît ! demande Gabriel.

— Et toi, Joël, garde Nounours à l'extérieur, enchaîne Paul. Je t'appellerais au besoin. On y va, les gars ?

Tandis que Julie essaie de réveiller Anna, Gabriel, Michel et Paul retiennent leur respiration avant de disparaître à l'intérieur de la maison. Touchant le bras de Paul, Michel lui désigne du doigt la porte intérieure infranchissable, car verrouillée. Le colosse fonce sur sa cible et la défonce d'un coup d'épaule.

Les trois hommes se tiennent maintenant en face de la cuisine où l'engin explosif s'expose sur la table. Paul repère tout de suite l'installation de gaz qu'il maîtrise aussitôt.

— Ça y est : j'ai coupé le gaz !

224

— Moi, je vais dans la cuisine, décide Michel, je m'occupe de la bombe.

Gabriel lève les yeux en direction du haut de l'escalier :

— Ne bougez pas, Edmond ! On arrive !

Sur ces mots, il accompagne Paul et ils montent à l'étage. Au milieu du couloir, le corps d'Edmond gît sur le sol, une fiole de poison vide dans sa main entrouverte. Il est mort. Il s'est suicidé… apparemment… *Pourquoi ?*... Surpris, les deux hommes marquent un temps d'arrêt. Puis, n'ayant plus rien à sauver ici si ce n'est leur vie, ils redescendent sur le champ dans la cuisine… puis dehors.

Affolé, Gabriel s'adresse à Julie, qui soutient toujours Anna maintenant réveillée.

— La bombe ! Elle n'est plus dans la cuisine !

En guise de réponse, Julie tourne la tête vers Michel.

Ils s'étonnent tous du spectacle auquel ils assistent. Portant la bombe dans ses bras, marchant rapidement, le rouquin ralentit, stoppe et pose délicatement l'horloge infernale près d'un arbre, puis revient en courant à toute allure. Il s'arrête net au niveau d'Anna et peine à reprendre son souffle. Paul le compli mente :

— Bravo, Michel ! Alors, là : tu m'as estomaqué !

— Oui, remarque Gabriel. Ce qui me surprend surtout, c'est que tu aies posé la bombe au pied d'un olivier.

Au mot « olivier », Michel se retourne d'un seul coup et repart en cavalant au moment où le commissaire Bonamy et ses hommes investissent les lieux.

— Reviens ici fada, gronde Paul.

Un policier questionne :

— Il a la bombe ?

Anna panique.

— Oui, et il va sauter ! Mon Dieu !

Après avoir déplacé l'engin du diable bien loin des arbres, Michel galope à nouveau à la vitesse d'un coureur olympique.

— Boulègue (*), ça va péter, hurle Paul.

(*) En parler provençal signifie (se) remuer, bouger.

La ligne d'arrivée imaginaire tout juste atteinte, l'athlète plus que filiforme s'affale de fatigue sur le gravier au moment de la détonation.

Un bruit assourdissant, un cratère énorme… mais pas de blessé et, surtout, aucun producteur d'olives touché.

— Ouf ! s'essouffle Michel, en se relevant. J'ai sauvé un olivier.

— Toutes mes félicitations, mais, à trente secondes près, tu étais mort, réplique Gabriel.

— Ah, oui !

Sur ces deux petits mots, une lumière illumine les yeux du sprinteur d'occasion, lumière qui s'éteint en une seconde. Il s'évanouit, rejoignant brutalement sa position couchée.

— Eh bien, reprend le détective, notre « ami de l'olivier » vient de tomber dans les pommes.

— En tout cas, on lui doit une fière chandelle, souligne Julie. S'il n'avait pas suivi Anna…

Paul regarde avec un brin d'admiration et déjà presque amicalement ce dormeur malgré lui.

— Il est un peu couillon, mais, finalement, je l'aime bien.

Pendant que Joël téléphone à Céline pour l'informer et la rassurer, Anna prévient :

— Faîtes attention ! Il y a des bidons d'essence plein le rez-de-chaussée. Et je voulais vous dire aussi…

La romancière fond en larmes, mais réussit tout de même à poursuivre…

— C'est Edmond…

Puis plus aucun mot ne peut sortir de sa bouche. Le commissaire la réconforte.

— Je sais. On reparlera de tout ça plus tard. Vous avez besoin de vous reposer.

CHAPITRE 35

ET LE SPECTACLE CONTINUE…

Plus d'un an après cette fin d'enquête dramatique, c'est en septembre qu'Anna, dans sa nouvelle maison aux environs de Grasse, écoute une chanson ancienne et intemporelle interprétée par un célèbre chanteur originaire de Toulon, Gilbert Bécaud :

« Et le spectacle continue ! »

En tendant l'oreille aux paroles, sans en suivre le rythme et de manière anarchique, elle les complète en pensées par d'autres couplets.

Et le spectacle continue… sauf pour la mère de sa chère Papillon. Yvonne est décédée au début de cette année. Elle a rejoint sa fille et son époux, sans aucun doute au Paradis. Elle n'avait plus envie de vivre, alors elle s'est éteinte naturellement telle une bougie finissant de se consumer.

Et le spectacle continue pour la petite compagnie de théâtre amateur, qu'elle a pu enfin voir sur scène, au mois d'août, lors d'une représentation donnée dans le cadre du prestigieux festival de Cavalaire, à la ferme de Pardigon. La pièce de théâtre « Désastrologie » avait bien diverti la romancière. Encore un excellent moment convivial partagé avec ses nouveaux amis.

Sur les planches : Céline, Julie, Joël et Paul. Parmi le public, assis à ses côtés : Gabriel et Michel.

Et le spectacle continue aussi pour elle. Sans cigarettes. Elle ne fume plus depuis des mois. Depuis qu'elle a jeté sa cigarette électronique, offerte par son défunt mari, détruite un jour avec d'autres mauvais souvenirs. Anna ne supportant plus la vie à Bandol, elle avait tourné la page en changeant de région. Sur les conseils de Gabriel, elle avait visité cette superbe propriété grassoise, avec une grande piscine pour lui éviter les regrets de son bord de mer. Coup de foudre immédiat. Michel l'avait aidé dans l'aménagement de son jardin en réussissant à se contenir : il n'avait pas planté un seul olivier supplémentaire. Seul bémol : l'absence de Paul. Elle avait dû engager un autre garde du corps. Trop attaché à sa ville natale et à son RCT, le colosse ne l'a pas suivie. Il travaille aujourd'hui dans l'agence de détectives de Gabriel, toujours secondé par son fidèle Nounours. Elle avait également changé de nom pour rayer celui de Pristi de sa vie. Au civil, elle avait repris son nom de jeune fille et, pour l'écriture, elle était devenue Anna POL.

Et la chanson s'est tue, et le silence est venu. La romancière se pose alors intérieurement quelques questions.

Que font Céline et Joël en cette belle matinée ? Certainement un petit tour au marché de Provence.

Paul a-t-il encore une fois entraîné Michel au stade Mayol ?

Et maintenant, que vont-ils faire, nos amoureux : la douce costumière et son détective charmant ?

Ah, oui ! Je me souviens ! Ma jolie Julie m'a écrit qu'elle prendra la route avec Gabriel demain matin - la voiture chargée de bagages, le thermos rempli de café – pour un séjour en Espagne, chez ses futurs beaux-parents.

André MARRAS

Originaire de Provence, André Marras, comédien amateur depuis plus de quarante ans, a plongé sa plume dans divers genres littéraires : poésie, chansons, théâtre.

Avec le temps, il a tissé de nombreux mots et endossé les rôles de membre de la Société des Poètes Français (SPF) et de parolier affilié à la SACEM.

Désormais retraité, il embrasse le rôle de romancier pour l'avenir.

LE MOT DE L'AUTEUR

Passionné d'écriture, de poésie et de théâtre, j'avais écrit – entre autres mots - un scénario que j'ai voulu transformer en roman sous ce titre : « Meurtre au pays du vautour fauve » (autoédité chez BoD en 2016). Cependant, ce livre (mi-roman, mi-scénario) était principalement composé de dialogues, et je me suis vite rendu compte de mon incompétence en matière d'écriture romanesque. Heureusement, grâce à une formation de « Coaching d'auteur » (effectuée en 2023, sur 6 mois, de juin à décembre), j'ai pu reprendre ma première œuvre sous le nouveau titre de « Qui t'a volée, Papillon ? ». Dans cette nouvelle mouture, si l'on retrouve des personnages, en revanche les anciens chapitres ont pour la plupart disparu et ont été remplacés.

La chrysalide « Meurtre au pays du vautour fauve » (livre de 160 pages mi-roman, mi-scénario) s'est bénéfiquement transformée en ce papillon « Qui t'a volée, Papillon ? » (Roman policier de 230 pages).

André MARRAS

Du même auteur, chez le même éditeur

BUREAUX-TOC, BONJOUR !
Théâtre. Comédie composée de saynètes humoris-
tiques sur des scènes bureaucratiques.

EN LETTRES MULTICOLORES
Recueil aux couleurs du Théâtre, de la poésie, des
sketchs et des paroles de chansons.